Organ Handel

Unsicherheit und berechtigte Angst vor Missbrauch ist vielfach ein Argument gegen eine Organspende.

Diese Spende rettet Leben, vielleicht eines Tages das Ihre!

Jo W.

Personen, Orte und Handlungen sind fiktiv.

Karel Hruby

Organ Handel

Die Deutsche Bibliothek verzeichnet diese Publikation in der Deutschen Nationalbibliografie; detaillierte bibliografische Daten sind im Internet über http://ddb.de abrufbar

Impressum:

© Februar 2017 by Karel Hruby

Autor :   Karel Hruby

Herstellung und Verlag: BoD -
Books on Demand, Norderstedt
Printed in Germany

ISBN: 9783743194496

Organ Handel

Exposé

Broker V erhielt den Auftrag eine Niere zu kaufen. Er benutzte die Kontakte seiner unbedarften Freunde zu einem Opfer, dabei ahnte er nicht, dass dies sein Todesurteil war.

Der Abgeordnete van Holms, bevorzugter Kandidat für ein Spitzenamt, brach am Wahltag zusammen.

Seine Frau wurde erpresst und getötet. Sie unterstützte zwei Patenkinder in Brasilien. Nachdem sie die Kinder aufsuchte, machte sie eine schlimme Entdeckung. Der Heimleiter betätigte sich als Zuhälter. Ein elfjähriges Mädchen konnte sie retten. Ihr zweites Patenkind, ein achtjähriger Junge wurde vor sechs Monaten umgebracht und an Organhändler verkauft. Unabhängig davon zahlte sie monatelang Patengelder an ein internationales Kinderhilfswerk.

Ein Reporter forderte am Wahltag von dem Abgeordneten einen Exklusivbericht zu den Vorgängen in Brasilien. Nach Verlassen des Abgeordnetenbüros informierte der Reporter seine Redaktion mit der Schlagzeile:

„Spitzenkandidat in Menschenhandel verstrickt?"

Danach wurde er Opfer eines inszenierten Verkehrsunfalls.

Am Abend brach der Spitzenkandidat vor der Pressekonferenz zusammen und wurde ins Krankenhaus gefahren. An diesem Tag standen ihm zwei Nieren zur Transplantation zur Verfügung. Der Abgeordnete starb auf dem OP-Tisch. Daraufhin arbeiteten die Mühlen der Medien, Schmähungen über einen Toten begannen.

Nach zehn Tagen wurde ein im Ausland Verschollener im Straßengraben mit einer großen Schnittwunde gefunden, er litt an Amnesie.

„Was nicht sein darf, wird nicht ermittelt!"

Der Geschädigte engagierte eine Privatdetektei. Die Detektei ermittelte mit internationaler Unterstützung und nahm Kontakt zu dem Organbroker auf.

Kapitel 1

„Herr van Holms, bitte kommen sie zum Abfertigungsschalter!", hört Ingolf zum wiederholten Mal die Aufforderung aus dem Lautsprecher.

„Wo ist sie schon wieder?", spricht der attraktive Mann, dem man den Politiker ansieht, verärgert vor sich hin. Er blickt sich suchend um. Da sieht er seine hübsche Gattin im Gedränge der Fluggäste auftauchen.

„Nun wird es Zeit, wo bist du so lange gewesen?"

„Das erzähle ich dir im Flugzeug", beruhigt sie ihn sanft. Nachdem die Maschine von Wien nach Berlin gestartet ist, beginnt Cornelia ihrem Mann zu berichten.

„Ich sah in der Halle des Abflugbereiches eine Ausstellung - Hinschauen statt wegschauen. Kinder brauchen Schutz, weltweit! - Weißt du, es geht um die kommerzielle sexuelle Ausbeutung von Kindern im Rahmen des Tourismus. Es wurden Möglichkeiten aufgezeigt diese Verbrechen wirksam zu bekämpfen. Da waren Stände von Vertreterinnen aus Politik, Wirtschaft, Adel und internationalen Kinderschutzorganisationen, mit denen ich ins Gespräch kam."

„Und wenn Frauen labern, vergessen sie die Welt um sich."
"Nein so war das nicht, dabei habe ich an dich gedacht."
„Ich kann da keine Verbindung zu mir erkennen."
„Warts ab, lass mich erst einmal weitererzählen."
Das Flugzeug beginnt zu flattern, es rumpelt wie auf einer asphaltierten Straße. Ingolf verzieht sein Gesicht.
„Was ist mit dir, Liebling, hast du wieder Schmerzen?"
„Ja, ich habe geglaubt im Flugzeug weniger Probleme als im Zug zu haben, das war ein Trugschluss."
„Wie lange willst du diese Schmerzen noch ertragen? Wir können nur noch in die Orte fahren, wo du eine Möglichkeit hast, an die Dialyse angeschlossen zu werden. Bevor du für das Spitzenamt kandidierst, musst du unbedingt operiert werden."
„Das sagst du so leicht. Bitte Cornelia erkläre mir, woher bekomme ich organische Ersatzteile?"
Cornelia überlegt, „kommt Zeit, kommt Rat", sagt sie dann besänftigend.
„Bitte erzähle weiter, mir geht es wieder besser, seitdem die Maschine wieder ruhiger fliegt."
„Wo war ich stehen geblieben?"

„Nicht zu glauben, meine Frau wird vergesslich. Du hattest dich mit den Politikerfrauen verplaudert und mich warten lassen, dass wir beinahe unseren Flieger verpasst hätten."

„Ach ja, mir kam dabei ein Gedanke. Während du dich auf deine politische Laufbahn vorbereitest und eh keine Zeit für mich hast, werde ich ein Kinderprojekt unterstützen."

„Das klinkt gut, woran denkst du?"

„Ich hörte einen Bericht von der Kinderschutzorganisation aus Brasilien und Indien. Brasilien interessiert mich eher, ich wollte schon immer mal dahin reisen."

„Musst du denn gleich dorthin fahren, um zu helfen?"

„Nein, natürlich nicht. Während ich in meiner Tasche nach einen Stift suchte, trat ein junger Mann an mich heran und übergab mir seine Visitenkarte. Er stellte sich als Vorsitzender eines internationalen Kinderhilfswerkes vor. Mehr würde ich im Internet über seine Organisation erfahren, die viele internationale Kinder- und Jugendprojekte im In- und Ausland betreut."

Sie reicht Ingolf die Visitenkarte, die sie eilig in ihre Jackentasche gesteckt hatte.

„Gut, und was willst du dort machen?"

„Zuerst werde ich für zwei Kinder die Patenschaft übernehmen, das kostet 25 € pro Kind im Monat. Für uns ist das wenig Geld,

diese Kinder können damit einen Monat in einem Kinderheim in São Paulo leben. Wenn ich das Projekt des Kinderhilfswerkes kennengelernt habe, werde ich ein Wohltätigkeitsessen organisieren. Natürlich bringe ich die Spenden persönlich in das Kinderheim, um mich zu vergewissern, dass die Spenden wirklich dort ankommen, wo sie gebraucht werden."
„Damit kann ich mich anfreunden", erklärt Ingolf. Er küsst seine Frau dankbar und liebevoll auf die Wange. Nach dem Imbiss fällt Ingolf ein, „bitte entschuldige Cornelia, ich musste gestern so schnell weg, dass du mir nichts über dein Klassentreffen erzählen konntest, nun haben wir dazu genügend Zeit."
Cornelia berichtet gern. Noch immer ist sie begeistert, nach 30 Jahren ihre Schulfreundinnen wieder getroffen zu haben.
„Wir trafen uns in dem Hinterraum einer Gaststätte. Die Ersten hatten es gut. Immer wenn die Tür sich öffnete und ein Mitschüler bzw. Schülerin eintrat, begann das große Rätseln. Wir erkannten die Meisten an ihren Gesten. Es war für mich beklemmend, an den Anderen erkannte auch ich, wie die Jahre uns geprägt und älter gemacht haben."
„Das kann ich nicht bestätigen, du siehst immer noch so entzückend aus, wie ich dich vor 25 Jahren kennengelernt habe", schmeichelt Ingolf.
„25 Jahre? Ingolf, dann feiern wir im Herbst Silberhochzeit!"

„Ich weiß, dafür habe ich eine besondere Überraschung. Schau mich nicht so an, diesmal verrate ich dir nichts!"

Ingolf sieht müde aus, oder sind es seine Schmerzen? Die Frau lehnt sich besorgt in ihren Sessel zurück und geht ihren Gedanken nach, während Ingolf die Augen schließt. Cornelia ist in Gedanken wieder beim Klassentreffen. Sie freut sich über die Wiedervereinigung des vierblättrigen Kleeblatts.

Carmen Bergmann, die sich nunmehr Krämer nennt, hatte sie sofort erkannt. Die Freundinnen fielen sich vor Freude um den Hals. Als Sabine Berger eintrat, war Cornelia positiv überrascht, das ehemalige Pummelchen hatte sich ganz schön gemausert, studiert und ein Diplom soll sie haben. Sie umarmten sich herzlich. Die Letzte war, wie eh und je, Helga Schuster, diese stellte sich als Helga Schmidt vor. Helga war immer sehr grazil, kaum zu fassen, wie unförmig Helga auseinandergegangen war. Die Begrüßung, von Cornelias Seite, fiel deshalb nicht ganz so herzlich aus.

Jeder berichtete, was er die Jahre über erlebt hatte. Sie sprachen über ihre Kinder und gescheiterten Ehen. Dann unterhielten sich die Meisten in zweier Gruppen, bis auf das vierblättrige Kleeblatt, Carmen, Cornelia, Sabine und Helga.

„Das Letzte, was wir von dir hörten, war, dass du ein Verhältnis mit Thomas Weizmann hattest. Wie hast du das nur angestellt? Wir waren in der Schulzeit alle in Thomas verliebt", stellte Carmen verschmitzt fest.

„Es ist lange her", lenkte Cornelia ab.

Carmen ließ nicht locker. „Das musst du uns ausführlich erzählen, wir waren das unzertrennliche Kleeblatt und teilten alle Geheimnisse."
Da klingelte Cornelias Handy und Ingolf meldete sich. „Liebling, ich kann dich nicht abholen, ich bin noch in der Konferenz."
Verärgert hatte sie mit den Worten aufgelegt, „dann lege dich zukünftig mit deiner Politik ins Bett!"
Carmen nickte verständnisvoll, „ich habe die gleichen Probleme mit meinem Mann, der in der Wirtschaft arbeitet und kaum noch nach Hause kommt."
Mit dem Versprechen, das sich die vier Freundinnen nun öfter treffen, verabschiedeten sie sich voneinander."

Cornelia erwacht aus ihren Gedanken und schaut zu Ingolf. Dieser ist eingeschlafen und atmet tief. Die Frau kehrt zu ihren Erinnerungen zurück und errötet, als sie an ihre, immer wieder auffrischenden Affären mit Thomas Weizmann denkt.

Sie sah ihn in der letzten Zeit öfter. Thomas war der Einzige, der zur Verfügung stand, um sie vom Klassentreffen abzuholen. Sie waren an diesem Abend nicht nach Hause, sondern in einen Pärchenklub gefahren. Als sie im Morgengrau den Klub verlassen wollten, hatte Thomas mit der Geschäftsleitung einen Streit. Cornelia wusste nicht, warum es ging. Sie hatte das Gefühl, in dem separaten Raum, in dem sie sich mit Thomas liebte, beobachtet zu werden. Die Frau fühlte sich in Thomas Nähe geborgen und willigte ein, ihn am nächsten Tag wieder zu treffen. Cornelia fühlte, dass sie Ingolf nicht immer mit dem gleichen Mann betrügen durfte. Die Gewissensbisse trieben sie dazu in der vornehmen Villa auf und ab zu gehen. Im Magen verspürte sie das Gefühl eines nicht wieder gutzumachenden Verlustes. Ingolf kränkelte immer mehr. Seine Ausdauer brauchte er für die Politik, da blieb wenig Zeit für das Eheleben und Thomas war immer noch der ungebremste zärtliche Liebhaber. Für wen soll ich mich entscheiden? Mit diesen Gedanken legte sie sich aufs Bett, nahm ein Buch zur Hand und versuchte sich abzulenken, es gelang ihr nicht. Sie stand auf, begab sich unter die heiße Dusche und stellte zufrieden fest, dass ihre Brüste noch straff waren. Ich muss meine Zeit nutzen, nicht lange, dann werden sie schlaff. Vielleicht sollte ich langsam mit einer Gymnastik beginnen. Dachte sie über ihren Körper nach und an Thomas, auch ihr Körper begab sich in eine Erwartungshaltung. Cornelia wusste, dass er ihren Reizen immer noch erlegen war. In einem Badetuch eingewickelt legte sie sich ins Bett, die Magenschmerzen hatten sich gelegt. Sie grübelte weiter, vielleicht will er gar nicht, dass ich mich scheiden lasse, sonder nur ein Abenteuer. Warum sollte sie ihre Sicherheit an Ingolfs Seite aufgeben. Cornelia sah auf die Uhr, es wurde Zeit Thomas wartete bestimmt schon. Die Tür schlug zu. Ohne sich umzusehen, begab sich die Frau zu ihrem Auto. Von Ingolf, der wieder auf einer Versammlung war, hatte sie nichts zu erwarten. Sie startete ihr Auto. Vor dem Pärchenklub nahm der schon wartende

Thomas sie zärtlich in die Arme. Die Beiden waren so mit sich beschäftigt, dass sie das Klicken einer Kamera nicht bemerkten.

Der Flugkapitän kündigt die Landung an, Cornelia erwacht aus ihrem Tagtraum.
„Was war mit dir los Liebling, du hast so glücklich ausgesehen?"
„Nichts! Ich habe an unseren 25. Hochzeitstag gedacht."

Kapitel 2

Ingolf van Holms betritt am nächsten Tag sein Büro. Frau Heidenreich, seine unermüdliche Vorzimmerperle, eine Frau im älteren Semester, blickt auf.
„Herr Abgeordneter, sie sind schon da!"
„Guten Morgen gibt es etwas Neues?"
„Nein, die Post habe ich auf ihren Schreibtisch gelegt. Ach ja, eine Frau Berger hat sich für 10.00 Uhr angemeldet."
„Danke, ich brauche dringend meinen Referenten. Bitte rufen sie Joachim Redlich."
„Der wartet bereits in ihrem Büro."
„Danke." Ingolf öffnet die Tür zu seinem Büro.
„Guten Morgen Joachim. Es ist schön, dass sie bereits hier sind."
„Guten Morgen, wie war die Reise und Konferenz?"
„Danke, wie immer sehr informativ, darüber berichte ich in der Fraktionssitzung."
„Ich habe vorerst eine dringende Aufgabe für sie. Bitte prüfen sie die Angaben auf der Visitenkarte und holen sie mir alle Informationen über dieses Hilfswerk zusammen. Ich brauche das möglichst schnell."
Mit diesen Worten übergibt Ingolf seinem Referenten die Visitenkarte des Kinderhilfswerkes.

„Was muss ich beachten?"
„Meine Frau hat wieder ein neues Hobby. Sie will Kinder in Brasilien unterstützen und sich um zwei Patenkinder kümmern. Wie sie wissen, kann Cornelia keine eigenen Kinder bekommen."
„Ich werde mich bemühen, den Wunsch ihrer Frau so schnell wie möglich zu erfüllen."
Der junge Mann verlässt das Büro seines Chefs und denkt, die kühle Cornelia ist viel zu berechnend, da steckt bestimmt mehr dahinter.
Die Wechselsprechanlage schrillt. „Was gibt es?"
„Hier ist Frau Berger."
„Ich erwarte die Dame", entgegnet Ingolf aufstöhnend und überlegt. Bis jetzt bearbeite ich nur die Wünsche von Cornelia, zu meiner eigentlichen Arbeit bin ich noch nicht gekommen.
Die Tür öffnet sich sanft, eine gut gekleidete Frau betritt den Raum. Ingolf erhebt sich von seinem Stuhl, geht der Fremden entgegen und reicht ihr die Hand.
„Guten Tag. Sie sind also eine der ältesten Freundinnen meiner Frau."
Sabine Berger lächelt zurückhaltend. Sie ist dankbar über diese freundliche Begrüßung. Ingolf sieht blendend aus, viel besser als auf den Wahlplakaten, stellt sie fest.
„Danke, dass sie mich trotz ihres vollen Terminkalenders schon heute empfangen."

„Keine Ursache, ich habe ja schließlich auch ein Interesse daran. Bitte setzen sie sich."
Damit geleitet er die Frau zu seinem Schreibtisch und schiebt ihr einen Stuhl hin.
„Sehr geehrte Frau Berger, bitte berichten Sie von sich. Die ersten zehn Jahre können sie auslassen, die kenne ich von meiner Frau."
Sabine legt ihm ihre Bewerbungsunterlagen auf den Schreibtisch, der noch mit der unerledigten Post überfüllt ist. Sie lächelt verständnisvoll über die Unordnung.
„Nur das Genie beherrscht das Chaos, deshalb brauche ich dringend Hilfe für den Aufgabenbereich Wahlvorbereitung." Ingolf blättert in den Bewerbungsunterlagen, während Sabine Berger spricht. Ohne Umschweifen zählt sie auf, wo sie für seine Partei tätig war. Er betrachtet sein Gegenüber. Sie hat einen sinnlichen Mund und blaugraue Augen, die etwas zu weit auseinander stehen. Das dunkle Haar trägt sie hochgesteckt. Ein angenehmer Parfümduft umgibt ihre Person.
„Danke, sie haben mich überzeugt", unterbricht er sie.
„Soll das heißen, ich habe die Stelle?", ruft Sabine begeistert. Ein heiteres Funkeln leuchtet aus ihren Augen.
Ingolf schließt sie sofort in sein Herz.
„Ja, sie sind ab nächstem Monat meine Wahlkampfleiterin und können sich ihr Team

zusammenstellen. Bitte klären sie alle Einstellungsmodalitäten mit dem Personalbüro, meine Sekretärin wird ihnen dabei behilflich sein."
Ingolf steht auf, übergibt Sabine die Bewerbungsunterlagen und drückt ihre Hand. Sie spürt, dass er es ehrlich mit ihr meint, der Händedruck dauert länger als gewöhnlich.
Ingolf geleitet sie zur Tür und bittet Frau Heidenreich sich um die zukünftige Mitarbeiterin zu kümmern. Dann schließt sich hinter ihm die Tür und er beginnt die Post zu bearbeiten.
Joachim tritt mit einem Computerausdruck ins Büro.
„Ich habe alle Seiten der Homepage des Kinderhilfswerkes für sie ausgedruckt. Das Hilfswerk hat eine beeindruckende Präsentation, ist augenscheinlich integer, ich meine es ist gemeinnützig und hat einen Spendensiegel. Ich habe zusätzlich die Seiten mit den Bildern der Patenkinder ausgedruckt.
„Zeigen sie her."
„Ich möchte noch auf etwas hinweisen."
„Haben sie Bedenken?"
„Die Kinder sind zwischen acht und vierzehn Jahre alt und dabei befinden sich sehr attraktive Mädchen. Wenn ich nicht wüsste, dass es sich um ein Kinderhilfswerk handelt, könnte ich

mutmaßen es sind Angebote für Kinderprostitution."
„Sie haben zu viel Krimis und die Revolverpresse gelesen. Die Kinder sind ordentlich angezogen und haben ihr Lieblingstier im Arm. Sagen sie, wie soll ihrer Ansicht nach sonst ein Pate gefunden werden?"
„Ich bin etwas zu vorsichtig. Wenn etwas schief geht, steht ihr guter Ruf auf dem Spiel!"
„Geben sie mir nochmals die Fotos. Es sind wirklich reizende Mädchen und Jungen. Ich denke an diese wird Cornelia ihr Herz verlieren. Danke für die schnelle Hilfe."
„Dafür haben sie mich schließlich eingestellt, oder?"
Das Telefon schrillt. Joachim nimmt den Hörer ab.
„Hier ist das Büro des Abgeordneten van Holms, was kann ich für sie tun?"
Er übergibt den Hörer seinem Chef.
„Es ist ihre Frau."
„Hallo Liebling, „ja, ja!"
Ingolf verdreht die Augen und gibt Joachim zu verstehen, dass er ihn nicht mehr benötigt. Bei seiner Frau kommt Ingolf sehr selten zu Wort.
„Lässt du mich bitte zu Wort kommen, na also! Wir haben im Internet recherchiert und alle Seiten des Kinderhilfswerkes für dich ausgedruckt. Dann kannst du dir deine Patenkinder allein aussuchen."

Er legt den Hörer auf den Tisch. Cornelia lässt ihn wieder nicht zu Wort kommen und beginnt einen Geschäftsbrief zu lesen. Nach einer Weile nimmt er den Hörer wieder auf.
„Ja Liebling, ich habe dich verstanden. Du kannst dir die Bilder bei Frau Heidenreich abholen, wenn ich in der Fraktionssitzung bin. Willst du nicht wissen, was ich mit deiner Freundin Sabine vereinbart habe. Ach so, du warst dir sicher, dass ich sie einstelle. Danke für dein Vertrauen."
Ingolf legt verärgert auf.
Die Wechselsprechanlage läutet.
„Ja Frau Heidenreich, ich weiß es ist Zeit in die Sitzung zu gehen. Bitte händigen sie meiner Frau die Recherchen über das Kinderhilfswerk aus, sie wird diese gleich abholen."

Sabine steht nach wenigen Minuten auf der Straße, wobei ihr plötzlich einfällt, ich sollte ja noch ins Personalbüro gehen. Um ihre Lippen spielt ein Lächeln und ihre sanften Augen verraten, dass sie glücklich ist. Eigentlich verabscheut Sabine selbstzufriedene Männer. Ingolf van Holms ist ihr heute in einem anderen Licht erschienen. In ihrem Inneren regt sich ein unbekanntes schönes Gefühl. Sie kann es kaum erwarten ihn wieder zu sehen. Das muss sie vor ihrer Freundin Cornelia verheimlichen, sonst geht daran ihre jahrelange Freundschaft kaputt.

Kapitel 3

Acht Monate später findet in der Villa van Holms ein Wohltätigkeitsempfang statt. 100 geladene Gäste aus Politik, Wirtschaft und Kunst haben die Einladung von Cornelia dankend angenommen. Sie präsentiert das Hilfsprojekt eines internationalen Kinderhilfswerkes. Zwei große Poster zeigen ihre zwei Patenkinder, den achtjährigen Manolo und die elfjährige Silvia aus Brasilien, denen sie seit sechs Monaten je 25 € über das Kinderhilfswerk spendet.
„Ihr wollt schon gehen?"
Cornelia ist enttäuscht. Ihre drei Freundinnen stehen reisefertig vor der Hausherrin. Helga entschuldigt sich für die anderen. „Sabine will uns mit dem Auto in die Stadt mitnehmen, wir haben uns entschieden mitzufahren."
„Hat euch mein Wohltätigkeitsempfang nicht gefallen?", fragt Cornelia schmollend.
„Das hast du ganz toll organisiert, vor allem die Band aus den Siebzigern war für alle eine Überraschung. Du solltest dich mehr um deine prominenten Gäste kümmern, die du wegen uns vernachlässigt hast", besänftigt sie Carmen.
„Vergiss uns nicht anzurufen. Natürlich wollen wir wissen, was du heute für deine Patenkinder eingenommen hast!", erinnert sie Helga.

„Ja, will nicht eine von euch mit mir nach Brasilien fliegen?"
„Wir melden uns, tschüss!", rufen die Drei aus einem Munde und schon sind sie aus der Tür.
Cornelia fühlt sich auf einmal einsam.
„Schöne Frau darf ich um den nächsten Tanz bitten!"
„Thomas lass diese Vertrautheiten, ich habe meinem Mann gesagt, dass du ein Vertreter der Presse bist."
„Und deshalb darfst du nicht mit mir tanzen?"
„Richtig, Ingolf war sauer, als ich ihm sagte, für welche Zeitung du schreibst. Ich habe ihm gesagt, dass es eine Gefälligkeit von dir ist, mich bei der Öffentlichkeitsarbeit für mein Kinderprojekt zu unterstützen, weil du indirekt zu unserem Kleeblatt gehörst."
„Ein fünfblättriges Kleeblatt, das habe ich noch nicht gesehen, gut einverstanden. Jedenfalls waren die anderen drei Blätter wesentlich liebevoller zu mir, was ich von dir heute Abend nicht behaupten kann."
„Thomas lass deine Anzüglichkeiten."
„Erst wenn du mit mir tanzt, gebe ich mich zu mindestens für heute geschlagen."
„Also gut, nur einen Tanz darfst du haben, dann gehöre ich wieder meinem Mann."
„Vergiss nicht, die Rechte an einem Artikel über deinen Brasilien Aufenthalt bekomme ich!"

„Das muss ich mir redlich überlegen", kokettiert sie und tanzt mit ihm einen Stones Walzer. Als Jugendliche hatten sie diesen trainiert und konnten ihn immer noch. Die anderen Gäste bilden einen Kreis um das tanzende Paar. Ingolf zieht begreifend die Augenbrauen hoch.

Kapitel 4

„Du bist ein Miststück!", faucht Carmen ihren Ehemann, Volker Krämer an. „Kommst du wieder einmal nach Hause?" Sie lässt ihn nicht zu Wort kommen, sondern nimmt ihn ins Visier, wobei sich ihre gelbgrünen Augen unter den zusammengezogenen Brauen gefährlich verengen. Volker empfindet in diesem Moment Abscheu vor ihr. Carmen sieht, trotz ihre grazilen Figur und hübschen Gesicht, in diesem Augenblick eher einer Hexe ähnlich, die zu allem entschlossen ist. Da hat er eine Eingebung, warum nutze ich nicht dieses Potential meiner geliebten Ehefrau? So fies hat sie ihn lange nicht empfangen. In der letzten Zeit stritten sie öfters. Sie sind sieben Jahre verheiratet und es bewahrheitet sich in ihrer Ehe, dass dies das Diskussionsfreudigste ist. Carmen beachtet ihn nicht mehr, lässt sich auf den Sessel fallen und beginnt ihre Nägel mit der Feile zu bearbeiten. Volker pflanzt sich vor ihr auf. „Ich erwarte von dir Verständnis für meine Arbeit, schließlich bringe ich die Kohle nach Hause, von der du dir ein schönes Leben machst."

Carmen verzieht den Mund zu einem Schmollen. „Was nützt mir das, wenn ich wochenlang allein hier herumhänge?"

„Krieg dich wieder ein, mein nächster Auftrag ist am Wochenende in Prag, da kommst du ganz einfach mit. Während ich arbeite, kannst du deine Schwägerin besuchen. Wenn wir Glück haben, ist der Herr Chefarzt bei seiner Familie."
„Wirklich?", fragt Carmen versöhnlich. Ohne auf seine Antwort zu warten, jubelt sie, „das ist ja prima, ich habe schon lange nichts mehr von meinem Bruder gehört. Wir sollten anrufen, dass er auch wirklich an diesem Wochenende keinen Dienst in seiner Klinik hat und nach Prag kommt"
Volker schmunzelt und denkt, na also sie macht genau das, was ich will! Anteilnahme vorspiegelnd fragt er, „wie war der Wohltätigkeitsempfang?"
„Unser Kleeblatt hat sich wieder vereinigt, wir haben uns gut amüsiert."
„Dann bin ich ja zu -frieden."
„Ich hätte schon gern meinen Mann präsentiert, du stehst dem Herrn Abgeordneten in nichts nach."
„Wie meinst du das?"
Da schrillt das Telefon.
„Wer ist das schon wieder?"
„Ich weiß es nicht, da musst du schon den Hörer abheben", ruft Volker genervt und begibt sich ins Schlafzimmer, um sich umzukleiden.
Carmen ruft ihm nach, „es wird Mama sein, sie will uns am Wochenende besuchen."

„Nein, ich mag ihre Betriebsamkeit in unserem Haus nicht, bestelle sie, wenn ich auf Arbeit bin."
„Hallo Mama!"
Carmen hält den Hörer in ihrer zierlichen Hand, ihr Gesicht sieht plötzlich liebevoll und anziehend aus.
„Ja, mir geht es gut. Du kannst am Wochenende nicht zu uns kommen. Hast du Lust mit nach Prag zu fahren. Volker hat in Prag einen Auftrag und will mich mitnehmen."
Volker kommt aus dem Schlafzimmer gelaufen.
„Bist du verrückt! Die Reise ist streng geheim. Es ist für mich bereits ein Risiko dich mitzunehmen", zischt er Carmen an und entreißt ihr den Hörer.
Es beginnt ein Gerangel um den Telefonhörer. Carmen ist wie immer die Gewandtere, sie entreißt ihm den Hörer.
„Entschuldige Mama, ich rufe dich später an!"
Volker wirft sich in einen Sessel. Um die Wogen zu glätten, beginnt Carmen ein belangloses Gespräch.
„Das muss ich dir noch erzählen. Helgas Mann hat große Probleme mit seinem Unternehmen."
„So und da willst du ihnen vermutlich unter die Arme greifen", stellt Volker herablassend fest.
„Nein das nicht. Kannst du dir vorstellen, die gehen Blut spenden und bekommen dafür Geld."

„Da müssen die sehr gesund sein."
„Ja, topp gesund. Ihr Mann hat die Blutgruppe 0."
Volker wird hellhörig.

Carmen lenkt den großen Wagen ihres Mannes. Sie kennt sich in Prag aus und weiß den Wagen galant durch den fließenden etwas chaotischen Verkehr zu steuern. Unzählige Male hat sie Prag besucht, sie findet ohne weiteres zum Wenzelsplatz.
In ihrer Verlobungszeit entdeckte sie mit Volker die Sehenswürdigkeiten der Goldenen Stadt.
Carmen verehrt die Apostel auf der Karlsbrücke. Sie berührt bei jedem Besuch Nepomuks goldenen Zeh, um von ihm Vergebung für ihre Sünden zu erhalten.

„Bitte setze mich vor dem Hotel Jalta am Wenzelsplatz ab. Nach der Beratung komme ich mit der Metro zu dir ins Hotel Merkur."

„Ich will heute Nachmittag zu meiner Schwägerin Elena. Sie hat mir bestätigt, dass mein Bruder gegen Mittag in Prag sein wird. Verstehe mich bitte, wir haben uns so lange nicht gesehen und viel zu erzählen."
„Einverstanden fahre zuerst zu deiner Schwägerin und dann ins Hotel. Wir müssen spätestens bis 19.00 Uhr einchecken. Bitte sage ihr, dass ich Honza ganz dringend sprechen muss, am Besten noch heute Abend!"
Volker neigt sich liebevoll zu seiner Frau, die den Wagen vor dem Hotel Jalta geparkt hat und verabschiedet sich mit einem zärtlichen Kuss.

Der Nachmittag bei Elena und Honza, mit Kindheitserinnerungen und Jugendsünden, ist wie immer schön. Bevor Honza eintrifft, hat Elena Carmen bereits über alle Neuigkeiten unterrichtet.
„Seit unserer Urlaubsreise nach Moldawien ist Honza sehr erfolgreich. Stell dir vor, er soll dort an einem Universitätskrankenhaus als Gastdozent arbeiten. Honza ist viel in Moldawien und im Austausch kommen Assistenzärzte zu ihm in seine Privatklinik. Immer mehr Kurgäste aus Deutschland, Österreich, aus ganz Eurasien und aus Moldawien, sogar Indien und der Türkei nehmen seine Spezialbehandlungen dankend an."

„Toll, dann kann ich mich von meinem Bruder untersuchen und verwöhnen lassen."
„Das glaube ich nicht. Er hat etwas dagegen, dass ich in seine Kurklinik komme. Wir verbringen deshalb unsere Ferien und die Feiertage in unserem Wochenendhaus, das nicht weit entfernt von der Kurklinik liegt."
Carmen empfindet das Verhalten ihres Bruders eigenartig. Sie hat keine Zeit mehr Elena ihre Gedanken mitzuteilen, weil das Telefon klingelt. Die daheimgebliebene Mama ruft an. Zur Besänftigung verabreden die Frauen ein gemeinsames Wochenende in der Charta von Honza, unweit seiner Privatklinik.
Honza veranlasst gegen 19.00 Uhr das Einchecken im Hotel telefonisch, so können sie den ganzen Nachmittag, bis zum Eintreffen von Volker, gemeinsam verbringen. Der fünfjährige Karel mit seinem struppigen Kopf und Schokolade verschmierten Händen will nicht von seiner Tante lassen. Er glaubt, dass sie ihm noch mehr Süßigkeiten gibt und bettelt wie sein verwöhnter Hund Rex. Der Junge kann sehr wohl gute Schokolade am Geschmack unterscheiden, er bekommt sonst keine so leckere Schokolade. Carmen rückt immer wieder das elegante Kostüm zurecht, ihr ist der Junge lästig. Sie mag keine Kinder und noch weniger Hunde.

Endlich hat die Schwägerin, Carmens Unbehagen bemerkt.
„Lass Tante Carmen endlich in Ruhe und geh mit Rex an die Moldau spielen."
Nach dem Abendessen steht Volker, wegen der verlorenen Zeit mit seinem Sektglas in der Hand, gereizt auf.
„Honza bitte kann ich dich nun endlich unter vier Augen sprechen?"
Honza erhebt sich lustlos. Er, der stattliche Chefarzt einer Privatklinik, mit Sommersprossen und roten Haaren, der weiß was er will, lässt sich nicht gern nötigen. Er ahnt, dass es um ein gutes Geschäft gehen muss, wenn sein hoch dotierter Schwager höchstpersönlich, um eine Unterredung bittet. Volker beobachtet Honza und stellt fest, dass dieser in seiner Anspannung, die gleichen gelbgrünen Augen wie seine Schwester hat, wobei sich bei ihrer Unterredung seine Augen unter den zusammengezogenen Brauen gefährlich verengen. Ich muss teuflisch aufpassen, kommt es Volker dabei in den Sinn.

Kapitel 5

Elena ruft ihren Mann. „Bitte komm sofort ans Telefon es ist die Klinik in Moldawien."
Sie übergibt Honza den Hörer und bemüht sich um Carmen und Volker, der hellhörig geworden ist.
„Was soll ich? Warte ich bin in einer halben Stunde in der Kampa."
Der Beobachter sieht, wie sein Schwager die Autoschlüssel vom Schrank nimmt, eine Andeutung zu seiner Frau macht und das Haus verlässt.
Eine halbe Stunde später wartet Honza, nervös an einer Zigarette ziehend, am Moldauufer der Kampa auf das große Abenteuer in seiner Midlifecrisis. Da hört Honza das Trippeln von Absatzschuhen, er sieht den Schatten einer zierlichen Gestalt und erkennt Nina. Sie trägt einen roten Mantel und schwarze Stiefeletten, ihr blondes langes Haar wallt über den Mantelkragen. Schön verrückt bin ich, denkt der seriöse Chefarzt. Ich sollte mich nicht gerade in Prag mit ihr treffen. Dann ergreift der reife Mann die Hand der Schönen und haucht darauf einen Kuss. „Wo wohnst du?"
„Ich habe unweit von hier ein Hotelzimmer gemietet."

„Was für ein Wahnsinn, warum konntest du nicht warten, bis wir in der Klinik sind?", dabei erstarrt er vor Erregung, sein Herz rast.
„Du hast aus mir eine Verlorene gemacht. Ich brauche dich, ganz besonders heute!"
„Ist es ein anrüchiges Hotel? Wenn mich jemand erkennt, bekomme ich große Schwierigkeiten."
Honza zittert vor Verlangen, während er sie küsst und ihr zärtlich über den Rücken streicht. Was hat er da gefühlt? Nina ist darunter völlig nackt, er kann seine Erregung nicht mehr verbergen.
„Was tust du, mein Geliebter?"
Honza stöhnt und haucht, „ich liebe dich, nur dich!"
Im Hotel angekommen nötigt er Nina um das Bett herumzurennen. Der Ehekrüppel braucht wieder einmal seinen persönlichen Kick.
„Du machst mich wahnsinnig, meine moldawische Geliebte."
Auf seine Bitte hin beschimpft Nina ihn als gehörnten Hirsch. Der Besessene ohrfeigt sie so, dass ihre Nase zu bluten beginnt und das Kopfkissen befleckt. Sie fleht ihn mit zärtlichen Küssen um Gnade an.
Dann ändert sich die Machtstellung. Nina schreit, „willst du mehr Prügel, du Abschaum, küss mich!"

„Oh Geliebte", wimmert er, als sie die Peitsche in die Hand nimmt und auf ihn einschlägt.

Der so Zufriedengestellte greift zur Flasche und spritzt den Schaum des Champagners in Ninas Gesicht.

Danach stellt er ihr die irrsinnige Frage, „Schatz, wann sehen wir uns wieder?"

Nina lächelt verheißungsvoll.

„Wie skandalös für einen Chefarzt!", raunt sie ihm beim Abschiednehmen ins Ohr. Danach steigt Honza erschöpft in sein Auto. Nach wenigen Minuten betritt er wieder sein Haus.

„Wie war die Unterredung", fragt ihn Elena einfühlsam.

„Wie immer, sehr anstrengend. Ich mache mich nur etwas frisch, dann komme ich wieder zu euch auf einen Schlaftrunk."

Kapitel 6

Cornelia steht erwartungsvoll auf dem Flughafen in São Paulo. Sie ist traurig, keine ihrer Freundinnen konnte sie begleiten. Carmens Mann hatte kurzfristig Urlaub erhalten. Sabine arbeitet emsig für Ingolf im Wahlkampfbüro. Helga hat mit ihrem Mann einen unaufschiebbaren Termin.
Cornelia denkt spöttisch, wegen einer Blutspende verzichtet sie auf einen kostenlosen Urlaub in Brasilien. Weil ihr Mann die Blutgruppe 0 hat und das Geld dringend für seine, im Abstieg befindliche Firma braucht, bringt sie ihm so ein Opfer. Ingolf hat die gleiche Blutgruppe und macht nicht so ein Gewese darum. Am wenigsten kann sie verstehen, dass Carmen sich Helga angeschlossen hat und auch Blut spenden will. Bald wird sie dadurch einen vernarbten Arm haben, das ist ja nicht mein Problem.
Nicht einmal das Kinderhilfswerk hat jemand mitgeschickt, das findet sie besonders schofelig.

Wie lange soll ich hier noch so doof herumstehen, ärgert sich Cornelia. Sie hält Ausschau nach einer Delegation, die sie abholt, möglichst mit Presse und Fernsehen, schließlich hat sie nicht wenig Geld für das Kinderheim gesammelt. Nach einer Stunde beschließt sie ein

Taxi zu nehmen und allein ins Hotel zu fahren. Nachdem Cornelia ihr Zimmer aufgesucht und sich frisch gemacht hat, bittet sie den Empfangschef des Hotels, ihr den Weg zur Zentrale des Kinderheimes, die sich in der Stadt befindet, zu beschreiben. Mit einem Taxi gelangt sie zum Stadtbüro „Grenzenlos."
Der Heimleiter, Herr Carlos Dorado, begrüßt die Fremde mit dem Worten. „Sehr geehrte Dame sind sie eine Kundin?"
„Kundin, wie darf ich das verstehen? Ich bin die Patin von Manolo und Silvia und komme, um dem Heim eine Spende zu übergeben."
Dorado gibt sich gelassen, er bietet Cornelia in dem verschmutzten Büro einen Platz an. Danach erklärt er, von ihrem Besuch völlig überrascht zu sein. Nachdem der Mann den Namen des internationalen Kinderhilfswerkes hört, verzieht er verächtlich den Mund.
„Sie wollen unser Heim mit einer Spende unterstützen, das ist höchst lobenswert. An welche Summe haben sie dabei gedacht?", fragt er lauernd.
Cornelia übergibt ihm einen obligatorischen Scheck und bittet um die Kontonummer des Kinderheimes. Dabei kommt ihr die Auseinandersetzung mit Romeo in den Sinn, der verlangt hatte, die Spenden auf das Konto des Kinderhilfswerkes in Deutschland zu überweisen. Seine Argumentation war, es sei nur

eine Sicherheitsmaßnahme. Schließlich habe es in diesem Zusammenhang schon Vorwürfe wegen Geldwäsche gegeben, sie möge doch bitte an die Funktion ihres Mannes denken. Thomas hatte bei Cornelias Bericht über die Auseinandersetzung mit Romeo mit der Zunge geschnalzt und gemeint, „ich werde mir diesen Romeo mal vornehmen!"

Ingolf kann sie nicht mit ihren Zweifeln kommen. Sein Team prüfte den Verein angeblich gründlich, jetzt hat er nur noch für seinen Wahlkampf offene Ohren. Bloß gut, dass Sabine sich in ihrer Abwesenheit um Ingolf kümmert.

Der Heimleiter holt sie aus ihrem Grübeln zurück, er will Bargeld haben, macht er ihr unmissverständlich klar.

„Ich werde die Bank aufsuchen und ihnen morgen Nachmittag das Geld übergeben. Natürlich will ich mir das Kinderheim ansehen, um aufzunehmen, was sie noch für die Kinder benötigen."

Der Heimleiter ist einverstanden, er schreibt Cornelia die Adresse des Heimes auf, das sich außerhalb von São Paulo befindet.

Vom Hotel aus ruft Cornelia Thomas in der Redaktion an. „Hier geht alles schief. Kannst du mir einen Rat geben?"

„Bitte beruhige dich erst einmal und dann erzähle mir nur das Nötigste."

Cornelia berichtet ihm alle Ungereimtheiten.
„In welchem Hotel und Appartement wohnst du?"
„Gut, ich schicke dir einen Kollegen, der zurzeit in São Paulo akkreditiert ist."
Wenig später klingelt im Hotelzimmer das Telefon.
„Frau van Holms, ich bitte sie um ein Stelldichein in der Hotelbar."
„Wer sind sie?"
„Habe ich mich nicht vorgestellt? Ich heiße Georg Simon und bin ein Freund von Thomas Weizmann."
„Sie schickt der Himmel, ich komme sofort!"
Wenige Minuten später sieht Cornelia einen schlaksigen Mann, in legerer Kleidung an der Bar sitzen.
„Guten Tag, gnädige Frau"
„Wie haben sie mich erkannt?"
„Sie sehen typisch europäisch aus und dann hat mich Thomas über ihr Äußeres aufgeklärt. Er hat mir nicht zu viel versprochen."
„Danke!"
Sie reicht ihm zögernd die Hand, die er an seinen Mund führt, einen Kuss darauf haucht und schon zieht er sie auf den Barhocker neben sich.
„Was möchten sie trinken?"
Der Barmann nimmt die Bestellung auf.
Georg beginnt das Gespräch.

„Sie sind einem Schlitzohr auf den Leim gegangen und wollen aus der verkorksten Situation noch etwas Gutes machen?"
„Vermutlich, eins macht mich in Verbindung mit dem Kinderheim hier stutzig?"
„Was, wenn ich fragen darf?"
„Der Heimleiter fragte mich bei der Begrüßung, ob ich eine Kundin sei. Er wollte den Scheck nicht annehmen, dafür will er Morgen von mir Bargeld haben."
„Kundin? Bargeld?"
Georg überlegt, seine Augenbrauen ziehen sich zusammen.
„Wo ist das Kinderheim und wie heißt es?"
„Das Kinderheim ist außerhalb, hier habe ich die Adresse. Nur die Verwaltung ist in der Stadt."
Cornelia überreicht Georg die Adresse, die ihr der Heimleiter aufgeschrieben hat.
„Ich kenne ein Waisenhaus in Jaraguá. Ich weiß, dass dieses Heim viel Unterstützung braucht, und nahm an, dass sie dieses Waisenhaus unterstützen. Aus Deutschland haben viele Spendenkreise diesem Waisenhaus geholfen. Ein anderes Heim ist mir nicht bekannt, es sei denn, es handelt sich um …."
Georg spricht nicht weiter. Er hat plötzlich Angst um die schöne Frau an seiner Seite.

„Wissen sie was, wir fahren noch heute zu der angegebenen Adresse und sehen uns das Heim zumindest von außen an."
Als Georg seinen Wagen vor einer zerbröckelten Mauer zum Halten bringt, ist früher Nachmittag. Cornelia prüft die Adresse.
„Hier sind wir richtig, da steht der Name, Grenzenlos."
„Dann sind die verfallenen Gebäude dahinter das Kinderheim", stellt Georg kopfschüttelnd fest. Cornelia schlägt resigniert die Augen nieder.
„Hier ist viel Hilfe von Nöten, wenn ich die Pforte sehe, die nur noch der Rost zusammenhält. Die Gebäude sind in einem erbärmlichen Zustand."
„Und ich glaube, da wohnt gar keiner!"
„Ich werde auf jedem Fall morgen das Geld hierher bringen."
„Sind sie sicher, dass sie das Richtige tun?"
„Sehen sie selbst, wie erbärmlich es hier aussieht!"
„Ich werde ein ungutes Gefühl nicht los, auch höre ich keine Kinder herumtollen. Ich schlage vor, wir sehen uns das Objekt morgen früh noch einmal mit Zeugen an, bevor sie einen Euro dort hineinstecken."
„Gut, ich bin damit einverstanden."
Georg fährt in Gedanken versunken den Weg zur Stadt zurück. Vor dem Hotel verabschiedet

er sich von Cornelia. Sie ist ihm dankbar nicht allein in dieser fremden Stadt auf sich angewiesen zu sein. Aus einem, ihr unerklärlichen Grund übergibt sie ihm das Geld, was sie bereits auf der Bank eingetauscht hat.
„Sie haben ein sehr großes Vertrauen zu mir, liebe Frau Cornelia, gute Nacht!"

Zehn Uhr abends wird der Journalist Georg Simon von der Polizei gesucht. Er ist noch in der Redaktion und schreibt an einem Artikel.
„Sind sie Herr Simon?"
„Ja, was wollen sie von mir?"
„Wir brauchen sie für eine Gegenüberstellung. Bitte kommen sie mit aufs Revier."
Georg wirft sich seine Jacke über und folgt dem Polizisten. In der Wache wird ihm Cornelia in Handschellen gegenübergestellt.
„Kennen sie diese Frau?"
„Ja, das ist Cornelia van Holms aus Deutschland."
„Übernehmen sie die Kaution?"
„Was hat sie angestellt und wie hoch ist die Kaution."
„Wie hoch? Glauben sie ich, bin ein Millionär? Was sagen sie, die Frau hat Hausfriedensbruch begangen? Das glauben sie doch wohl selbst nicht. Darf ich mit ihr reden?"
Der Polizist nickt.

„Cornelia, was haben sie um Gottes willen nun wieder angestellt?"
Die Frau zittert am ganzen Körper und bringt nur unartikulierte Laute hervor.
„Ich werde ihnen helfen. Also, ich setzte sie am späten Nachmittag vor ihrem Hotel ab. Was war danach?"
„Das ist richtig. Dann fiel mir ein, dass ich für meine zwei Patenkinder verderbliches Obst und Schokolade eingesteckt hatte. Ich wollte das den Kindern bringen. So fuhr ich noch einmal zum Heimleiter in das Stadtbüro. Die Tür stand offen, ich trat ein. Der Heimleiter spielte mit einem anderen Mann Schach. Im Bad hörte ich ein Kind weinen und stöhnen. Ich wollte dem Kind helfen, das sich sichtlich verletzt hatte."
Die Frau sieht beim Sprechen erbärmlich aus.
„Und was ist dann geschehen?"
„Ich sah die kleine Silvia im Bad, sie wurde von einem Mann vergewaltigt. Vor Angst um das Kind rannte ich weg, um Hilfe zu holen. Als ich auf der Treppe stand, hörte ich den Heimleiter schreien, dann rannten mehrere Männer den Gang entlang. Ich versteckte mich in einer Nische. Erst als es im Haus wieder still wurde, verließ ich mein Versteck und lief auf die Straße. Hier müssen die Männer auf mich gewartet haben, sie verfolgten mich bis ins Hotel. Dort wurde ich verhaftet. Der Heimleiter hatte Anzeige, wegen Hausfriedensbruch, bei der

Polizei erstattet. Die Polizisten haben mir nicht geglaubt, aber dann wenigstens sie geholt."
„Der Polizist will eine Kaution, genau in Höhe der Spende haben. Vermutlich hat er sich mit dem Heimleiter abgesprochen."
„Dann geben sie ihm doch das verdammte Geld! Ich halte es keine Stunde länger hier in dem Gefängnis und diesem brutalen Land aus."
„Sie werden in Deutschland Probleme mit den Sponsoren bekommen, wenn das Geld zweckentfremdet eingesetzt wird! Wollen wir nicht besser unsere Botschaft informieren?"
„Das ist mir so egal, ich will hier weg! Bitte buchen sie den nächsten Flug nach Deutschland."

Kapitel 7

Zwei Tage später trifft Cornelia in Deutschland ein. Am Flughafen in Frankfurt wird sie von Thomas Weizmann abgeholt, der sie mit dem Auto nach Hause fährt und sich auf der Rückfahrt alles erzählen lässt. Er kennt zu diesem Zeitpunkt bereits die Hintergründe, die Georg inzwischen recherchiert hat, will aber auch Cornelias Version hören.

Alpträume plagen Cornelia in der Nacht.
Sie ist wieder in Brasilien. Silvia streckt ihre kleinen Hände aus, ihre Augen sind mit Tränen gefüllt und sagen, bitte hilf uns. Zwei Männer halten Carmen fest, ihr Arm schmerzt. Sie kann sich von ihnen abschütteln und rennt die Treppe hinunter, wohin sie auch rennt, immer wieder hört sie das Mädchen weinen. Dann steht sie vor einer unverschlossenen Kellertür. Der Raum ist dunkel. In der Ecke liegt eine alte Matratze, daneben stehen Kinderschuhe und ein abgegriffenes Heft. Auf dem Heft entziffert Cornelia den Namen ihres zweiten Patenkindes. Sie ruft nach dem Jungen. Es bleibt absolut still, nur der kalte Wind bläst durch die Räume. Manolo, Manolo, hört sie sich rufen.

„Liebling, wach auf, was ist mit dir!"

Ingolf schüttelt Cornelia am Arm. Die Frau sieht ihren Mann entgeistert an.
„Wo bin ich?"
„Zu Hause im Bett. Bitte beruhige dich, es war nur ein Alptraum!" Ingolf drückt sie zärtlich.
„Gott sei Dank, ich bin zu Hause."
Sie weint. In Ingolfs Armen sucht Cornelia Schutz.
„Als ich gestern Abend nach Hause kam, hast du schon geschlafen. Ich wollte dich nicht wecken. Eins sollst du wissen, ich habe dich sehr vermisst. Bitte schlafe weiter. Die Reise war sehr anstrengend, sonst hättest du keine Alpträume. Ich muss ins Büro."
Er küsst seine Frau zärtlich und verlässt eilig das Haus. Cornelia fällt erschöpft in einen traumlosen Tiefschlaf. Durch das Klingeln des Telefons wird sie geweckt. Sie stellt die Freisprechanlage an.
„Cornelia van Holms."
Eine schleimige Stimme lässt sie erschauern.
„Gnädige Frau, ich hörte sie sind von ihrer Luxusreise zurück."
„Was wollen sie von mir. Wer sind sie?", ruft Cornelia ungehalten und klammert sich an ihre Bettdecke.
„Romeo, wenn' s recht ist. Wo ist mein Geld?"
„Was für Geld?", ruft die Frau ungehalten.
„Das sie mir vorenthalten haben. Ich hatte sie gewarnt, das Geld nicht nach Brasilien

mitzunehmen", faucht der Vorsitzende des Kinderhilfswerkes hinterhältig.
„Seit wann muss ich ihnen Rechenschaft ablegen. Ich habe die Spende, aus meinem Wohltätigkeitsempfang, in Brasilien übergeben", entgegnet sie selbstsicher.
„Übergeben ja, nur nicht zweckentsprechend, meine Liebe", haucht er in den Hörer.
„Woher wollen sie das wissen?"
Ihr tritt der Angstschweiß auf die Stirn.
„Es gibt ja schließlich moderne Kommunikationskanäle. Ich erwarte, dass sie das mir unterschlagene Geld umgehend auf das Konto des Kinderhilfswerkes überweisen. Ist das Geld nächste Woche nicht bei mir eingegangen, werde ich ihre Geldgeber und die Presse informieren. Leben sie wohl Gnädigste!"
Romeo lacht wie ein Wahnsinniger am anderen Ende der Leitung.
„Sie haben kein Recht auf das Geld. Von mir bekommen sie nichts!"
Cornelia ist plötzlich hellwach, in ihrem Kopf arbeitet es. Was soll ich nur tun. Ingolf kann ich damit nicht kommen und über die Summe, die Romeo haben will, verfüge ich nicht. Warum auch, er ist der Letzte, der einen Anspruch darauf hat. Hätte ich nur auf Georg gehört und mich an die Deutsche Botschaft gewandt? Gesteht sie sich ihren Fehler ein. Sie greift zum Hörer und ruft Thomas Weizmann an.

„Cornelia bist du schon ausgeschlafen, geht es dir gut?", fragt er besorgt.

„Mir geht es sehr schlecht. Ich werde von Romeo erpresst. Er will das Geld vom Wohltätigkeitsempfang, das ich in Brasilien als Kaution hinterlegen musste. Wenn er das Geld nächste Woche nicht hat, will er die Spender informieren", spricht sie hastig.

„Bleib ganz ruhig. Er hat keinen Anspruch auf das Geld. Natürlich kannst du Probleme mit den Geldgebern bekommen, wenn sie kein Verständnis für deine Situation haben."

„Nun da du mich darauf hinweist, ist mir klar, dass ich in Schwierigkeiten stecke. Die Frau des Herausforderers meines Mannes, die in ihrem Spendenkreis für Brasilien sammelte und mir das Geld für Grenzenlos übergeben hat, wird auf einen Nachweis der Übergabe bestehen."

Bei diesem Gedanken hat Cornelia das Gefühl eine kalte Hand greift in ihren Nacken.

„Geh zur Polizei und zeige Romeo an. Ich kann nichts für dich tun!", sagt er jetzt kurz angebunden.

„Danke, das werde ich tun!"

Cornelia ist nach seinem Rat wieder ruhig. Mit der Wahrheit komme ich weiter. Wird ihr die Polizei die Wahrheit, ohne Beweise glauben?

Kapitel 8

Nachdem das Geld im Kinderhilfswerk nicht einging und Romeo genötigt wurde die Gegendarstellung einer Anzeige zu verfassen, die der Polizei glaubhaft erschien, veranlasste er eine einstweilige Verfügung.
Cornelia darf bei Androhung einer Haftstrafe nichts Negatives gegen das Kinderhilfswerk äußern. Auch der Spendenkreis verlangt von Cornelia, einige Tage später, einen Nachweis der Übergabe des Geldes an das Kinderheim Grenzenlos. Sie weiß, dass das Romeo eingefädelt hat. Sie ist machtlos gegen seine Intrigen.
Cornelia erklärt der Sprecherin des Spendenkreises ihre Situation, die diese ihr nicht glaubt. Die Staatsanwaltschaft ermittelt gnadenlos gegen sie, wegen Unterschlagung. Bis zu diesem Zeitpunkt trägt Cornelia ihr Geheimnis bei sich. Alle Post lässt sie ungeöffnet in einem alten Aktenkoffer ihres Mannes, der in ihrem Schrank steht, verschwinden. Die sonst resolute und selbstbewusste Frau wird immer depressiver. Ingolf gegenüber ist Cornelia eine sanfte liebende Gattin. Er macht sich Sorgen, nimmt an, dass sie sich im Ausland eine Krankheit zugezogen hat. Von Thomas hat sie nichts mehr gehört. Cornelia hat das untrügliche Gefühl, das

er sich verleugnen lässt, wenn sie ihn in der Redaktion anruft.

Aus Angst, dass Romeo sie wieder am Telefon nötigt, nimmt sie den Hörer nicht mehr ab. Mit Angst öffnet sie morgens den Briefkasten, dessen Inhalt sich nur noch auf Drohungen und Gerichtspost beschränkt.

Eines Tages nimmt die verzweifelte Frau allen Mut zusammen, den schwarzen Aktenkoffer und fährt zu Ingolfs altem Freund und Rechtsanwalt.

„Herbert, ich bin in großen Schwierigkeiten, die Staatsanwaltschaft ermittelt gegen mich. Helfen sie mir und sagen sie bitte Ingolf nichts davon!"

Der Rechtsanwalt prüft alle noch ungeöffneten Schriftstücke, während Cornelia im nahe gelegenen Restaurant ängstlich wartet. Nach einigen Telefonaten bittet er Cornelia über ihr Handy wieder in seine Kanzlei.

„Liebe Cornelia, warum sind sie erst heute zu mir gekommen? Die Staatsanwaltschaft hat den Fall schon ans Gericht abgegeben. Warum haben sie mich mit dem Schreiben der Staatsanwaltschaft nicht früher aufgesucht, dann hätte ich Widerspruch eingelegt?", fragt er mit hochgezogenen Augenbrauen und zeigt ihr durch Gesten, dass ihm die Hände gebunden sind.

„Ich hatte Angst, nur noch Angst!", entgegnet Cornelia weinend.

„Mit ihrer Eigenwilligkeit wird alles nur noch schlimmer. Haben sie nicht an die Funktion ihres Mannes gedacht. Ist ihnen nicht einmal der Gedanke gekommen, dass Ingolf ein sehr kranker Mann ist und jede Aufregung, ihm das Leben kosten kann", zählt er verärgert all ihre menschlichen Verfehlungen auf.
„Ingolf krank? Jetzt wo sie es sagen, fühle ich mich schäbig. Ich war nur mit mir beschäftigt."
„Ich bin Ingolfs Freund. Wir besuchten gemeinsam die Schule, studierten an einer Universität, das hat er nicht verdient. Wenn ich ihnen heute helfe, dann tue ich das nur für Ingolf, das sollten sie noch wissen. Ich verabscheue ihre Selbstherrlichkeit."
„Danke, sie haben ja so Recht!"
„Ich habe beim Richter erwirkt, dass das Verfahren, gegen eine Ableistung von 400 Stunden gemeinnützige Arbeit, eingestellt wird. Wenn sie nicht einverstanden sind, wird der Fall verhandelt. Ob sie bei einer Spendenveruntreuung recht bekommen, ist äußerst fraglich. Sie sind danach vorbestraft und für ihren Mann bei seiner Kandidatur ein Klotz am Bein!"
„Was soll ich tun?", fragt sie irritiert.
„Diese Entscheidung nimmt ihnen keiner ab. Möglichst das Richtige!"
Besänftigend hilft er der nun verschüchterten Frau, die ihm plötzlich leidtut.

„400 Stunden vergehen und der Fall wird nicht bekannt. Ich werde ihnen helfen einen Verein zu finden, der kulant mit der Stundenableistung umgeht."

„Danke, ich leiste die Stunden ab!", entgegnet sie entschlossen und unterschreibt das Schriftstück fürs Gericht.

Cornelia kehrt danach hochgradig nervös nach Hause zurück. Sie blickt ängstlich zum Briefkasten, da steckt schon wieder ein großer brauner Umschlag. Einer dieser Umschläge, die immer Drohungen beinhalteten. Diesmal steht Ingolfs Name darauf.

„Ingolf bekommt seine Post doch immer ins Büro?", spricht sie unsicher vor sich hin, dabei hält sie den Umschlag zitternd in der Hand. Das ist nicht normal. Über Wasserdampf öffnet Cornelia den Umschlag. Aus dem Brief fallen mehrere Fotos. Die Frau erstarrt. „Nein, das nicht auch noch!"

Ingolf kommt an diesem Abend früher nach Hause. Er macht sich seit längerer Zeit Sorgen um seine Frau. Cornelia und der Sportwagen sind fort. Er sucht im Haus nach einer Nachricht, findet Cornelias Handtasche mit allen Ausweis- und Autopapieren und einen braunen, nassen Brief, der an ihn adressiert ist. Den Brief legt er ungeöffnet zur Seite. Der Mann wird unruhig. Er ahnt, dass hier etwas nicht stimmt. Ingolf ruft Cornelias Freundinnen an. Weder Helga noch Carmen haben in den letzten Wochen mit Cornelia Kontakt gehabt. Sabine will sofort vorbeikommen und Ingolf bei der Suche beistehen. Sie weiß, dass ihr Chef seit Wochen gesundheitliche Probleme hat. Er darf keine zusätzliche Aufregung haben. Sie vertraute ihre Sorgen, um Ingolf van Holms Gesundheit, Carmen und Volker Krämer an und nahm Recherchen im Internet auf, um Ingolfs Leiden zu beenden. Über Cornelias Eigensinn sind die Freundinnen verärgert. Cornelia hat sich in den Jahren zu ihrem Nachteil verändert, sie denkt nur noch an sich. Jetzt wo sie Ingolf unterstützen müsste, diese Komödie, um auf sich aufmerksam zu machen! Am nächsten Tag erstattet Ingolf eine Vermisstenanzeige bei der Polizei.

„Herr Abgeordneter hier wartet ein Kommissar Henkel auf sie", meldet sich Frau Heidenreich an der Wechselsprechanlage.
„Danke Frau Heidenreich, gehen sie mit ihm in mein Büro, ich komme gleich mit Frau Berger."
Ingolf beendet die Beratung mit seinem Wahlkampfteam kurzfristig und bittet Sabine ihn in sein Büro zu begleiten.
Er hat dabei ein flaues Gefühl im Magen. Das Gesicht des Polizisten ist unergründlich.

„Guten Morgen, das ist meine Mitarbeiterin, Sabine Berger. Bitte setzen sie sich. Gewiss können sie mir helfen, meine Frau zu finden."
„Wir haben ihre Frau gefunden, sie hatte einen Unfall."
„Ist Cornelia im Krankenhaus?"
Ingolf und Sabine blicken den Beamten erwartungsvoll an.
„Herr von Holms, ich habe ihnen eine traurige Mitteilung zu machen."
Ingolf setzt sich auf seinen Sessel. Sabine stellt sich schützend hinter ihn. Beide sehen den Mann betroffen an.
„Sie ist also tot? Meine Cornelia ist tot? Wollen sie das damit sagen?" Noch hat Ingolf Hoffnung.
„Das Auto ihrer Frau stürzte von einer Klippe und brannte völlig aus. Wir haben ihre Frau nur noch tot bergen können."
Sabine schluchzt bei den Worten des Polizisten auf. Ingolf nimmt die Hände vors Gesicht.
„Warum?"

Kapitel 9

Das Land wählt. Spitzenkandidat ist Ingolf van Holms, dem nach dem plötzlichen Tod seiner Frau alle Sympathien, insbesondere der weiblichen Wählerschaft zugeflogen sind.
Pünktlich 8.00 Uhr öffnen die Wahllokale. Um das Wahllokal, in das der Abgeordnete van Holms tritt, um zu wählen, bilden sich Schlangen von Wählerinnen, die ihm persönlich begegnen wollen. Er ist wieder, einer der begehrtesten Junggesellen der Stadt. Ingolf van Holms ist bekannt als ein immer freundlicher, konsequenter, vorausschauender und zielorientierter Politiker. Er kann mit seiner Größe von 1.90 Meter über alle hinwegsehen, hat eine tadellose Figur, trägt maßgeschneiderte Anzüge und sein graumeliertes Haar macht ihn für Frauen besonders anziehend.
Gegen 10.00 Uhr beginnt die Lagebesprechung in der Wahlkampfzentrale. Ingolf stärkt noch einmal seine Anhänger mit einer Ansprache:
„Denken sie alle daran, wir müssen Optimismus in unsere politische Öffentlichkeitsarbeit tragen. Wichtig ist, dass unsere Wähler verstehen, dass die Welt im Augenblick eine großartige Wandlung durchläuft und damit eine faire Chance hat, mit neuen Lösungen für scheinbar unlösbare Probleme aufzuwarten. Für diese

Politik stehe ich! Mein Herausforderer vertritt eine pessimistische Grundhaltung. Dabei wird er von den Medien noch unterstützt. Furcht und Zynismus werden verbreitet, um die Bürger, die uns vertrauen, in eine Katastrophe zu treiben. Unsere Gegner finden tausend Gründe, warum unsere Kommunen den Bach hinunter gehen müssen, wir distanzieren uns von dieser falschen Position. Die Hoffnung auf eine Belebung der Binnennachfrage stirbt zuletzt!"

Ein tosender Beifall seiner Anhänger und Beobachter motiviert den Politiker weiterzukämpfen.

„Wir haben den besten Kandidaten! Ingolf van Holms wird mit seiner Ausstrahlungskraft gegen den blassen Herausforderer überzeugen", erklären begeistert einige Mitarbeiter. Die Medien geben einen Stimmungsbericht an die Wähler weiter.

Ingolf zieht sich in sein Büro zurück. Sabine Berger koordiniert seit 6.00 Uhr die Bestückung der Wahllokale, bereitet Lagebesprechungen und Interviews vor. Er ist ihr dankbar, dass sie ihm so hilfreich zur Seite steht und alle Probleme abfängt. Die Geschehnisse der letzten Tage haben dem gesundheitlich geschädigten Mann gezeichnet. Sogar seine Sekretärin, das liebe Heideröslein ist zu einer Mutter mutiert und sein Referent Joachim wird immer umsichtiger, so könnte sich Ingolf einen Sohn vorstellen.

Warum muss erst etwas Schlimmes geschehen, um den Wert eines Menschen richtig zu erkennen, geht es Ingolf durch den Kopf.
Schweißperlen treten ihm auf die Stirn, sein Gesicht ist schmerzverzerrt. In diesem Augenblick betritt Sabine unerwartet das Büro.
„Ingolf haben sie wieder Schmerzen?"
„Ja Sabine, es wird immer unerträglicher. Vor allem kann ich es bald nicht mehr verbergen, ich muss unbedingt noch den heutigen Wahltag überstehen!"
„Ich weiß. Ruhen sie sich aus, ich werde die Journalisten beruhigen, dass sie erst am Abend eine Pressekonferenz geben, die Hochrechnungen sind schon jetzt sehr gut für sie."
„Danke Sabine, ich werde ihre Loyalität nie vergessen."
„Nicht sie müssen mir danken. Es ist meine Aufgabe ihnen zu dienen!", erwidert seine treue Wahlkampfleiterin. Sie ist schon lange in ihren Chef verliebt und würde sich für ihn in Stücke reißen lassen. Ingolf van Holms setzt sich an seinen Schreibtisch, greift nach der Tablette und dem Glas Wasser, das Sabine ihm bereitgestellt hat. Er vermisst seine verstorbene Frau. Sie hat ihn gefordert, ohne Rücksicht auf seine Gesundheit, dass er den Wahlkampf mit einem großen Vorsprung gewinnt. Er betrachtet ihr Bild mit dem schwarzen Band. Ihm fällt auf,

dass ihr Gesicht keine Wärme ausstrahlt. Sie setzte ständig eine strenge unnahbare Miene auf, in dem schönen eiskalten Gesicht, mit dem blonden Engelshaar. Bisher war keinem aufgefallen, was in ihm vorging, sonst hätten die Parteifreunde und die Wirtschaftsbosse seinen Wahlkampf nicht unterstützt. Er muss in diesem Punkt Cornelia dankbar sein, die überzeugend seinen Wahlkampf unterstützte und ihm den Rücken frei hielt.

Ich muss eine Lösung finden, hämmert es in seinem Kopf. Alle werden verstehen, dass ich eine Auszeit brauche und diese muss ich nutzen, um gesund zu werden.

Immer wenn er allein im Büro ist, macht er es sich bequem. Auch heute hat er die Jacke ausgezogen und die Ärmel hochgekrempelt. Sein Blick fällt auf die unübersehbar angeschwollenen Adern an seinem Unterarm, die ihn immer wieder an sein Leiden und an die jahrelang anhaltende lebenserhaltende medizinische Betreuung erinnern. Nun hat er fast das Ziel seine Wünsche erreicht. Das Ergebnis nach Schließen der Wahllokale wird es ihm zeigen, ob er an der Spitze des Landes steht. Es muss doch auch für ihn möglich sein, endlich einen Spender zu finden. Seit Jahren hat Ingolf van Holms am ersten Samstag im Juni, dem Tag der Organspende, wie viele andere Patienten auf eine Niere gewartet. Aber es gibt immer noch viel zu wenig Spender.

Vor der Tür wird eine laute Diskussion geführt. Van Holms erhebt sich und öffnet die Tür. Sabine steht mit ausgebreiteten Armen vor Ingolfs Büro und verwehrt den Zutritt. Ein junger Mann, mit einem eleganten Zweireiher lässt sich nicht abweisen.
„Was ist hier los! Wer sind sie?", fragt Ingolf verärgert den Störenfried.
„Mein Name ist Romeo. Es tut mir leid. Ich weiß, Herr Abgeordneter, dass sie eine vielversprechende Karriere vor sich haben. Sie müssen mir das aber ausführlich erklären, sonst können sie alles vergessen!"
Mit der Kopie eines Strafbefehls gegen Carmen van Holms stürmt er in das Büro des Abgeordneten und legt diesen auf den Schreibtisch. Romeo verzieht dabei das Gesicht zu einer Grimasse. Er weiß genau, was der Herr Abgeordnete in diesem Moment denkt.
„Sie sind der Vorsitzende von dem Kinderhilfswerk, welches meine Frau unterstützt hat?", erinnert sich Ingolf.
„Sie meinen unterstützen wollte und dann mit dem Geld durchgebrannt ist. Was sie wissen nichts davon?", stellt Romeo erstaunt fest.
Hinter Romeo taucht auf einmal Weizmann auf, er hält auch eine Kopie des Gerichtsbescheides

in der Hand. Ingolf erkennt die Aufschrift ganz deutlich.
„Muss das gerade alles heute passieren?"
Stöhnt der so in die Enge getriebene Politiker.
„Das muss ihnen nicht neu sein. Die Gegenparteien überprüfen in dieser Phase der Wahlen genau ihre Aktivitäten und dann ist der gestraft, der eine Leiche im Keller hat! In diesem Fall wurde die Frau ihres Herausforderers, die sich von ihnen betrogen fühlt, aktiv", ergreift der Reporter das Wort.
Romeo verdrückt sich heimlich. Das, was er wollte, hat er erreicht.
„Nun ist es genug. Weizmann ich bescheinige ihnen, dass sie ein Fanatiker, eiskalt und berechnend sind. Nur um ihre Quoten zu erreichen, veröffentlichen sie erstunkene Sensationsnachrichten!"
„Haben sie es immer noch nicht begriffen, ich will ihnen helfen den heutigen Tag glimpflich zu überstehen. Sagen sie bei der Pressekonferenz die Wahrheit, die Öffentlichkeit wird sie verstehen und ihnen verzeihen. Ich möchte für meine Hilfe nur das Recht erhalten, exklusiv zu berichten."
Van Holms erkennt, dass ihm nichts anderes übrig bleibt, als auf den Kuhhandel einzugehen. Er nickt und wendet sich angeekelt ab. Leise spricht er mehr zu sich, „ich werde für Aktivitäten bestraft, die ich nicht zu

verantworten habe und bis vor einer Stunde noch nicht einmal wusste."

Ingolf bittet Sabine Berger zu sich.
„Hat ihnen Cornelia etwas über ihren Aufenthalt in Brasilien erzählt?"
„Nein. Wir haben uns nur einmal kurz gesehen. Cornelia kam mir sehr angespannt vor. Sie wollte dringend zu einem Rechtsanwalt. Sie sagte, es sei ein alter Freund der Familie."
„Danke, sie hat bestimmt Dr. Herbert Wichmann gemeint. Bitte lassen sie mich jetzt allein."
Ingolf greift zum Telefonhörer und wählt die Nummer seines ältesten Freundes.
„Hier ist Ingolf, Herbert bitte entschuldige, dass ich dich in deiner Mittagspause störe. War meine Frau in den letzten Tagen bei dir?"
Er hört auf die tröstenden Worte seines Freundes und nickt.
„Nun da sie tot ist, musst du dich nicht mehr an dein Versprechen halten. Bitte übergib den Aktenkoffer meinem Referenten, den ich dir sofort schicke. Ich muss heute Abend eine Pressekonferenz geben und brauche dazu noch Beweise für meine Unschuld. Wir sehen uns bald. Ach warte, sollte mir etwas Unvorhergesehenes geschehen, habe ich mein Testament geändert. Du findest alles in meinem Tresor."

„Ingolf ich verstehe deine Seelenverfassung, jedoch an so etwas solltest du nicht denken. Bald wirst du das Land führen und eine neue Herausforderung erwartet dich, denke optimistisch!", spricht ihm Herbert gut zu.
Heute Morgen habe ich mit diesen Worten mein Team motiviert, nun bin ich es selbst, der seine eigenen Worte in Frage stellt. Muss Ingolf konstatieren, nachdem er den Hörer auf den Apparat gelegt hat. Es klopft an der Tür, die Sekretärin tritt ein. „Herr Holms der Vereinsvorsitzende des Hilfswerkes ist am Telefon. Er lässt sich nicht abbringen noch einmal mit Ihnen zu sprechen." Sie reicht dem Abgeordneten das Handy und verlässt den Raum.
„Was gibt es so Wichtiges?"
„Herr Abgeordneter, sie waren mit der Presse beschäftigt, so konnte ich nicht mit ihnen weiter reden", sagt dieser schleimig.
„Sagen sie endlich, was sie von mir wollen", wird Ingolf ungehalten.
„Herr Abgeordneter, ich bedaure ihnen mitteilen zu müssen, dass ihre verstorbene Frau in Affären mit brasilianischen Waisenkindern involviert ist. Wir haben erfahren, dass in Brasilien ihr Patenkind Manolo in die Hände von Organhändlern gefallen ist. Bereiten sie sich gewissenhaft auf die Antwort bei der

Pressekonferenz vor. Die Presse ist schon informiert und wird sie danach fragen!"
Das Telefon klickt, Romeo hat aufgelegt.
Ingolf ist fassungslos, davon hatte ihn Cornelia nichts erzählt. Sie war vor zwei Monaten mit Spenden nach Brasilien gefahren und etwas angegriffen zurückgekehrt. Jetzt erst stellt Ingolf fest, dass sie seitdem keine Zeit mehr gefunden hatten, über Brasilien zu sprechen, denn der Wahlkampf war bereits im vollen Gange. Er muss sich wehren. Was erlauben die sich, seine verstorbene Frau und damit ihn, mit Kriminellen auf eine Stufe zu stellen? Ich habe ein reines Gewissen und nichts zu befürchten? Ich bin mir sicher, dass Cornelia nichts Unrechtes getan hat.

Wieder steht Weizmann vor der Tür.
„Was wollen sie denn schon wieder?", stellt Sabine verärgert fest.
„Zu ihrem Chef. Ich habe neue Erkenntnisse zum Tot seiner Frau."
Ingolf steht schon an der Tür, er hat gehört, was der Pressefritze gesagt hat. Zum Abgeordneten gewandt eröffnet er ihm rücksichtslos, „ihre Frau wurde ermordet. Bei der Obduktion fanden die Ermittler heraus, dass sie eine Kugel im Kopf hatte."
Ingolf öffnet seinen Binder, die Luft bleibt ihm bei den neuerlichen Eröffnungen weg. Er stöhnt

und fragt Weizmann, „woher wissen sie das nun schon wieder?"

„Berufsgeheimnis, ich habe versprochen meine Quellen nicht preiszugeben und das halte ich auch ein. Sie sehen ich bin nicht so skrupellos, wie sie annehmen, sehr geehrter Herr Abgeordneter. Ich muss auch meine Brötchen verdienen, deshalb lasse ich keine heiße Spur kalt werden."

„Gut Weizmann, ich werde ihnen in einer Stunde auf alle Fragen antworten. Lassen sie mir diese Zeit, damit ich die Zusammenhänge selbst erst einmal verarbeiten kann. Meine Frau hat unserem Anwalt vor ihrem Tot Unterlagen übergeben, die ich noch einsehen muss."

„Es tut mir leid, ihnen Schwierigkeiten zu machen. Die Eröffnungen über ihrer Frau haben sie sehr getroffen. Ich warte in der Redaktion auf ihren Anruf."

Weizmann bemerkt beim Verlassen des Büros, das van Holms krampfhaft zusammenzuckt, stöhnt und sich mit einem schmerzverzerrten Gesicht am Schreibtisch festhält. Er denkt, noch eine Story. Ich bin gespannt, wie er den Kopf aus der Schlinge zieht. Weizmann greift, auf der Straße angekommen, zum Handy und ruft in der Redaktion an.

„Stoppt alles, ich habe die Titelseite - Abgeordneter van Holms in Menschenhandel verstrickt -", dann macht er eine lange Pause.

„Wichtig setzt dahinter ein Fragezeichen! In einer Stunde erhalte ich von ihm, in einem Exklusivinterview, noch alle Einzelheiten"
Weizmann ist so von sich überzeugt, dass er völlig unachtsam die Straße betritt. Er bemerkt das rasant ankommende Auto nicht. Sekunden später fliegt er über die Kühlerhaube. Der sofort herbeieilende Notarzt kann nur noch seinen Tot feststellen.

Kälte erfüllt van Holms, er zündet sich eine Zigarette an. Die Flamme erhellt seine faltige Hand. Er betrachtet die Furchen auf der Hand, die unmissverständlich sein Alter verraten, mit der anderen Hand stochert er mit dem Streichholz nervös im Aschenbecher herum. Nein, er findet sich noch nicht damit ab, alt zu werden. Wenn ihm nicht immer wieder die Wahrheit, seine Schmerzen einholen würden, könnte er seinen bevorstehenden Erfolg genießen. Soll er nach den vielen Unannehmlichkeiten des heutigen Tages einen Unfall heraufbeschwören, vielleicht unachtsam die Straße überqueren, oder sich aus dem Fenster, gleich hier im zehnten Stockwerk stürzen, der Erfolg wäre garantiert. Das Läuten des Telefons bringt ihn in die Realität zurück. Nachdem alle sein Büro verlassen haben, muss Ingolf noch eine Tablette zu sich nehmen. Immer noch hält er den Telefonhörer in der

Hand. „Danke mein Lieber, ich werde den heutigen Tag schon überstehen. Wir treffen uns morgen. Grüße auch deinen Bekannten, ich werde ihm nie vergessen, was er für mich tut. Da fällt mir ein, ich habe das Geld noch nicht angewiesen, das veranlasse ich gleich übers Internet. Tschüs bis bald."
Die Turmuhr läutet drei Mal. Ingolf weist eine hohe Summe übers Internet an. Danach lässt er sich in seine Villa fahren. Hier will er in Ruhe den Aktenkoffer in Augenschein nehmen. Da gewahrt er den, seit Tagen vergessenen, durch die Nässe verschrumpelten braunen Umschlag. Bilder die zusammenkleben und ein anonymer Brief fallen heraus. Die Zeilen verschwimmen vor seinen Augen. Er hat seit Langem wieder einmal einen Schwindelanfall. Ingolf wischt sich den Schweiß von der Stirn und betrachtet die Bilder. Er sieht Cornelia und Weizmann in einer eindeutigen Situation. „Episoden aus einem Pärchenklub!" Ist das Letzte, was Ingolf noch ausspricht, dann fällt er in Ohnmacht.

Neunzehn Uhr die letzte Hochrechnung vor dem Endergebnis, van Holms führt mit 10% vor dem Herausforderer.
„Wo ist Ingolf van Holms?", fragen die Genossen, Wähler und die Medien.

„Wo bleibt Weizmann, eine Schlagzeile in die Welt setzen und sich dann verdrücken?", fragt der Chefredakteur.

„Ich habe 15.30 Uhr den Abgeordneten in seine Villa gefahren. Er wollte sich für die Pressekonferenz vorbereiten und mich wieder anrufen", antwortet sein Fahrer Sigmar.
„Hat er sie vielleicht nicht erreicht?", wird Sabine nervös.
„Nein, das kann nicht sein, mein Handy ist immer empfangsbereit."
„Dann muss etwas Unvorhergesehenes geschehen sein. Bitte fahren sie mich in die Villa!"
Keiner öffnet auf ihr Läuten.
„Ich weiß er hat alle Angestellten, nach dem Tot seiner Frau entlassen, und wohnte vorübergehend in einem Hotel. Sigmar suchen sie ein Fenster, das offen steht. Ich rufe den Rettungsdienst an."

„Herr Chefredakteur was soll ich noch unternehmen? Weizmann geht nicht an sein Handy, der Artikel muss raus", fragt Robert ein junger Journalist verunsichert.
„Fahren sie zur Villa des Abgeordneten. Tun sie endlich, was, die Zeit läuft gegen uns!"
Robert trifft mit dem Rettungsdienst in der Villa ein. Er kann unentdeckt eintreten, während sich

die Rettungsmannschaft um den bewusstlosen Abgeordneten kümmert. Der junge Mann nimmt unentdeckt einen braunen Umschlag und den darunter liegenden Inhalt an sich und verlässt völlig unbemerkt die Villa.

In der Redaktion ist helle Aufregung. Robert erfährt, dass Thomas Weizmann einen Verkehrsunfall hatte. Er öffnet den Umschlag und erkennt Weizmann mit der verstorbenen Frau des Abgeordneten van Holms in einer verfänglichen Situation. Der junge Redakteur schiebt den braunen Umschlag unter die Vorlagen der morgigen Ausgabe und begibt sich zum Chefredakteur.

„Der Abgeordnete wurde bewusstlos aus seiner Villa ins Krankenhaus gebracht!"

„Was hat er? Wo sind die Unterlagen von Weizmann? versuchen sie im Krankenhaus Informationen von ihm zu erhalten. Wo ist der Artikel seiner Schlagzeile? Warum stehen sie noch hier rum?"

Fragen über Fragen, die Robert so schnell wie möglich klären muss. In der Uniklinik will ihn keiner Auskunft über seinen Kollegen Weizmann geben. Nur ein Achselzucken, mit der Bemerkung, er möge sich an die Mordkommission wenden. Robert wird stutzig. Mordkommission war der Unfall kein Zufall? Vielleicht hängt alles mit den Bildern aus der Villa des Abgeordneten zusammen. Robert fährt wieder in die Redaktion, zieht den braunen Umschlag aus dem Stapel und übergibt diesen dem Chefredakteur.

„Das habe ich in der Villa des Abgeordneten gefunden. Zu Weizmann erhielt ich nur die Information, dass wir uns an die Mordkommission wenden sollen."

Der Chefredakteur betrachtet den Inhalt des Umschlages, schüttelt mit dem Kopf und überlegt.

„Das haben sie gut gemacht. Ich werde mich mit der Kripo in Verbindung setzen. Über den braunen Umschlag bitte ich sie zu niemanden ein Wort zu verlieren. Haben wir uns verstanden?" Robert nickt.

„Fahren sie ins Krankenhaus und erkundigen sie sich nach dem Zustand des Abgeordneten van Holms. Wir ersetzen den reservierten Artikel von Weizmann mit einem Bericht über den Castor - Transport."

Sabine steht hilflos in Ingolfs Villa. Sie rekonstruiert die letzten Geschehnisse. Ihr Chef wurde den ganzen Tag nur mit Hiobsbotschaften bombardiert. Das ist selbst für einen gesunden Menschen zu viel. Was muss er durchgemacht haben, dazu noch der gewaltsame Tot seiner Frau, armer Ingolf! Und sie kam zu spät, um ihm beizustehen. Ingolf

wurde bewusstlos aufgefunden und in die Universitätsklinik gefahren.
Ihr Handy ruft sie in die Wirklichkeit zurück.
„Berger, Herr van Holms hatte einen Schwächeanfall und ist auf dem Weg zur Uniklinik. Joachim, bitte sagen sie die Pressekonferenz ab. Ich fahre in die Klinik und halte sie auf dem Laufenden."
Auf den Referenten und Frau Heidenreich kann sie sich verlassen. Im Krankenhaus ist Ingolf wieder ansprechbar. Sabine darf für einige Minuten zu ihm.
„Ingolf, wie geht es ihnen?"
Der Angesprochene sieht Sabine dankbar an und nimmt ihre Hand. Das Sprechen fällt ihm schwer.
„Cornelia hat mich betrogen, ich kann ihr das nicht verzeihen. Warum haben wir uns nicht früher kennengelernt?"
"Ingolf sparen sie mit ihren Kräften, sie werden wieder gesund und dann wird alles gut", redet sie beruhigend auf den Kranken ein.
Eine Krankenschwester betritt den Raum.
„Frau Berger, sie müssen nun gehen, der Patient braucht Ruhe. Besprechen sie alles weitere mit dem Chefarzt. Er wartet schon auf sie."
Sabine findet den Chefarzt in seinem Ordinationszimmer. „Herr Chefarzt können sie mir sagen, wie es mit Herrn van Holms Gesundheit steht? Ich bin seine

Wahlkampfleiterin und muss die Presse beruhigen."

„Sehr geehrte Frau Berger, Herr van Holms braucht dringend eine Transplantation, möglichst in den nächsten Stunden, er hat sich völlig übernommen. Wir hätten die Möglichkeit ihn zu operieren und sogar ein Spenderorgan, aber …!"

„Worauf warten sie dann noch?"

„Die Mutter des Toten gibt uns keine Einwilligung."

„Soll ich mit der Frau sprechen?"

„Wenn sie das tun wollen, wären wir ihnen sehr dankbar. Die Dame sitzt im Warteraum, wir haben ihr ein Beruhigungsmittel gegeben."

„Ich sah eine Frau im Warteraum sitzen, das kann nicht sein, das ist doch Frau Weizmann?"

„Ganz richtig, der Tote ist ihr Sohn."

„Thomas?"

„Ja, Thomas Weizmann kam heute Nachmittag bei einem Verkehrsunfall in der Hauptstraße ums Leben."

Sabine ist fassungslos. Erst starb Cornelia, dann Thomas Weizmann, sie waren ihre Jugendfreunde. Ingolf darf auf keinen Fall auch noch sterben. Die verzweifelte Frau klammert sich an den Arm des Arztes.

„Bitte retten sie das Leben des Abgeordneten!"

„Wenn sie uns helfen, tun wir unser Bestes."

„Ja, ich spreche mit Frau Weizmann."

Sabine setzt sich ins Wartezimmer neben das Aquarium, das ihre Nerven beruhigt. Die vornehme alte Dame am Fenster dreht ihren Kopf zu der Neu angekommenen. Ihre verweinten Augen weiten sich, als sie Sabine erkennt. „Sabine, sie hier?"
„Frau Weizmann, sie können du zu mir sagen. Ich freue mich meine ehemalige Lehrerin wieder zusehen."
„Ja liebes Bienchen, aber nun unter traurigen Umständen."
„Ich weiß, ich habe gerade von dem Unfall erfahren." Sabine blickt in das alte durchfurchte, immer noch schöne Gesicht ihrer Lieblingslehrerin und empfindet großes Mitleid für die einsame Frau. Sie legt tröstend ihre Hände auf die der alten Dame.
„Was machst du hier?"
„Ich warte auf die Untersuchungsergebnisse meines Chefs", erklärt die junge Frau ehrlich.
„Wer ist dein Chef?"
„Der Abgeordnete Ingolf van Holms."
„Ist das nicht der Mann von Cornelia, die vor einigen Tagen verunglückt ist?"
„Ja, sie kennen doch noch unser Kleeblatt. Jahrelang haben wir uns nicht gesehen, nach dem Klassentreffen waren wir vier wieder für kurze Zeit zusammen."
„Ach ja, das Klassentreffen war auch für mich eine schöne Abwechslung. Ich war stolz darauf,

was alles aus euch geworden ist. Umso mehr, weil mich gerade euer Kleeblatt am meisten geärgert hat", schwärmt die alte Dame, dabei hat sie für kurze Zeit ihren Trauer vergessen.

„Thomas erzählte mir von dem Empfang in der Villa van Holms, wo ihr ihn zum fünften Kleeblatt machen wolltet."

Ein Hauch von Lächeln steht auf ihrem Gesicht. Der Mutter tut es gut mit einem Menschen zu sprechen, der auch Thomas Leben kannte.

„Was hat dein Chef?"

„Mein Chef muss unbedingt operiert werden, sonst stirbt er noch heute Nacht", erklärt Sabine traurig.

„Die Ärzte werden ihm schon helfen, mein Kind", tröstet die alte Dame Sabine.

„Nein Frau Weizmann den Ärzten sind die Hände gebunden. Sie haben kein Spenderorgan", entgegnet Sabine schluchzend.

„Du meinst, weil ich, eine eigenwillige alte Frau, meine Zustimmung nicht geben will", stellt Frau Weizmann ernst fest.

Sabine nickt.

Frau Weizmann hat Tränen in den Augen. Sie steht auf, nimmt Sabine an der Hand und führt sie zum Ordinationszimmer des Chefarztes.

„Komm schnell Sabine, wir müssen den Doktor bitten deinen Chef zu helfen, damit nicht noch mehr Zeit vergeht."

Die Jüngere blickt die Mutter ihres Schulfreundes dankbar an und umarmt sie. Vor der Tür des Chefarztes stehen zwei Polizisten. Sabine bittet die Oberschwester, dem Chefarzt die Entscheidung von Frau Weizmann mitzuteilen. Wieder warten die Frauen im Wartezimmer, viel Zeit vergeht. Dann tritt endlich der Chefarzt zu ihnen.
„Ich habe ihre Nachricht erhalten, liebe Frau Weizmann und bedanke mich sehr für ihre humanitäre Entscheidung. Leider muss ich ihnen eine betrübliche Mitteilung machen."
Die Frauen sehen sich erschrocken an und fassen sich an den Händen. Der Chefarzt spricht weiter, „ soeben hat mich die Polizei unterrichtet, dass der Unfall von Thomas Weizmann kein Zufall war. Sein Körper wird nicht freigegeben. Erst müssen die genauen Umstände, die zum Tod führten, geklärt werden. Das Unfallauto wurde vorher gestohlen und der Unfallfahrer, ein Mann mit einem Vogelgesicht, konnte in der schaulustigen Menge entkommen."
„Herr Doktor und was wird mit Ingolf
„Es tut mir leid. Wir können nur hoffen, dass wir heute noch einen Organspender für ihn finden."
Auf dem Gang wird es laut. Eine Schwester blickt in das Wartezimmer und ruft, „Herr

Chefarzt, kommen sie schnell, wir haben einen Herzstillstand in der Fünf."
„In Zimmer fünf liegt der Abgeordnete van Holms!", stellt Sabine erschrocken fest. Nach einer halben Stunde erscheint der Chefarzt wieder im Wartezimmer. Die beiden Frauen blicken ihn erwartungsvoll an. Er schüttelt traurig mit dem Kopf.

Kapitel 10

Nachdem Sabine die verlassene Wahlkampfzentrale wieder betritt, läuten die Glocken der Turmuhr die elfte Stunde ein. Sie nimmt aus dem Schreibtisch den Ersatzschlüssel zu Ingolfs Büro. In ihrem Kopf schwirren die Gedanken wild durcheinander. Neben der Trauer um ihren Chef und Arbeitgeber muss sie wieder einen kühlen Kopf bekommen. Ingolf hat nach dem Tot seiner Frau keine Verwandten mehr, also muss sie gemeinsam mit Joachim und Frau Heidenreich die Wahlkampfaktionen abschließen. Was hat es Ingolf genützt, dass er die Wahl heute gewonnen hat, aber den Kampf gegen seine Krankheit verlor.

Sabine muss auch die Vorbereitungen für die Trauerfeier übernehmen, das Büro auflösen und dann, ja was wird dann aus ihr und den anderen Mitarbeitern. Nur nicht daran denken, sondern ganz einfach so weiter arbeiten und positiv denken, hat Ingolf immer gesagt.

Was war das?

Sabine fühlt sich beobachtet. So ein Blödsinn ich bin nicht abergläubisch. Wieder ein kratzendes Geräusch, gleich hinter ihr am Fenster. Sabine wird es flau in der Magengegend. Angstschweiß tritt ihr auf die Stirn.

„Nein, Geister gibt es hier keine. Wobei in der Akte X habe ich von wiederkehrenden Seelen gehört, die keine Ruhe finden, weil sie im Leben Unrecht getan haben. Warum sehe ich mir solche Sendungen an, wenn ich danach an mir selbst zweifeln muss", redet sie laut mit sich. Ingolf war ein guter und liebenswerter Mensch, dessen Seele sich nichts vorzuwerfen hat. Ihr fällt Thomas Weizmann ein. Thomas war nur von Berufswegen lästig, aber sonst ganz umgänglich. Von den Beiden hat sie nichts Böses zu erwarten. Wieder knarrt es auf dem Gang. Die verängstigte Frau nimmt ihren ganzen Mut zusammen, sucht eine Taschenlampe, findet jedoch nur ein Feuerzeug. Damit ausgerüstet leuchtet sie den Gang aus. Die abgestellten Plakate und Aufsteller werfen große Schatten an die Wände. Sabine stößt sich an einem Gegenstand, da raschelt es, dann kommen einige Plakate ins Rutschen und krachen laut auf den Boden. Nun ist es wieder still. Die Frau lauscht in diese beängstigende Stille. Da, ein lautes Klopfen an der Eingangstür. Sabine begibt sich vorsichtig zu dem Unruheherd. Hinter der Tür sieht sie Umrisse einer Gestalt. Sie schaltet das Außenlicht an. „Ist da jemand?"
„Hallo, sind sie noch da, Frau Berger?", ruft eine ihr bekannte Männerstimme.

Sabine holt tief Luft und öffnet die abgeschlossene Tür. „Sie sind es Sigbert."
„Ich versuche schon längere Zeit auf mich aufmerksam zu machen und habe am Büro des Abgeordneten geklopft, weil ich da hinter dem Vorhang Licht brennen sah."
„Was wollen sie denn noch zu dieser unchristlichen Zeit?", fragt Sabine unsicher den Cheffahrer.
„Ich bringe ihnen die Tasche von Herrn Weizmann. Nachdem ich seine Mutter von der Universitätsklinik nach Hause gefahren habe, entdeckte ich, dass sie die Tasche ihres Sohnes vergessen hat. Liebe Frau Berger, sie werden die Tasche sicher morgen persönlich bei Frau Weizmann abgeben wollen."
„Danke, das ist sehr umsichtig von ihnen. Sigbert, gute Nacht!"
Sabine nimmt ihm die Tasche ab und verschließt die Tür. Danach kocht sie sich einen Kaffee und setzt sich an Ingolfs Schreibtisch. Sabine grübelt, was hatte Ingolf im Krankenhaus zu ihr gesagt? Cornelia hat mich betrogen. Und was wollte Weizmann laufend von ihm. Das Geheimnis muss in der Tasche stecken. Ihr Gewissen sagt, ich darf da nicht hineinsehen, damit schade ich dem Ansehen der Toten. Hilft es diesen nicht eher, wenn die Wahrheit ans Tageslicht kommt? Zudem ermittelt die Polizei und dann verschwinden die Unterlagen in einem Archiv.

Sabine öffnet mit einem schlechten Gewissen die Tasche von Thomas und entnimmt einen Hefter mit der Aufschrift „Recherchen zum Vorgang van Holms".
Darin findet sie ein Fax aus São Paulo von einem Pressekollegen.

Hallo Thomas!
Habe recherchiert, der angebliche Heimleiter Carlos Dorado ist ein Gatos (wenn du nicht weißt, was das ist – ein Anwerber oder Kater) einer Sklavenfazenda aus Süd-Para, die Minderjährige als Landarbeiter rekrutieren.
Der Paten junge Manolo, von Cornelia van Holms, wurde vor zehn Monaten verschleppt. Weil er auf der Fahrt zur Fazenda vom Truck flüchtete, wurde er zur Abschreckung erschossen und für die Organmafia am Straßenrand liegen gelassen. Die kleine Silvia, die im Beisein von Cornelia vergewaltigt wurde und weitere fünf Mädchen konnten wir aus den Händen ihres Zuhälters, Carlos Dorado, retten. Alle befinden sich in Sicherheit und ärztlicher Betreuung. Dorado und sein Clan sind flüchtig!
Nichts für Ungut, adios Georg

Sabine kann nicht fassen, was sie da schwarz auf weiß liest. Was hat Cornelia in Brasilien durchmachen müssen, nun versteht sie das eigenartige Verhalten ihrer Freundin. Sie legt das Fax beiseite. Daraufhin findet sie noch einen

Erpresserbrief, der an Thomas gerichtet ist, mit mehreren Fotos.

„Nein, Thomas und Cornelia – also das war es, was Ingolf meinte!", ruft die einsame Frau enttäuscht und angewidert aus.

Ihr Mitleid gegenüber Ingolf ist unermesslich. Geistesgegenwärtig nimmt sie das Fax und den Erpresserbrief an sich, schließt die Aktentasche und löscht das Licht. Sie legt sich auf die Liege im Ruheraum und versucht noch ein paar Stunden zu schlafen. Am Morgen findet die Sekretärin Sabine dort vor. Kurz danach steht die Polizei im Büro und holt die Tasche von Herrn Weizmann ab.

Sabine unterrichtet den Referenten und die Sekretärin über die Ereignisse im Krankenhaus. Beide sind tief betroffen. Sie wissen, dass sie nun arbeitslos sind, trotzdem erklären sie sich sofort bereit Sabine bei den Vorbereitungen zu der Beerdigung zu unterstützen.

Am nächsten Tag beschäftigt sich die Presse mit dem Tod des Spitzenkandidaten. Wüste Spekulationen über Erpressungen und Selbstmorde des Ehepaars van Holm werden der Öffentlichkeit präsentiert. Kein Wort über den vorsätzlich herbeigeführten tödlichen Verkehrsunfall eines Reporters kann Sabine lesen. War nicht der Skandalberichterstatter Weizmann eine Person des öffentlichen Interesses?

Zwei Tage später erhält Sabine von Frau Heidenreich, die mit Joachim das Büro auflöst, einen Anruf.

„In der Nacht wurde im Büro des Abgeordneten eingebrochen. Es fehlt nichts, die haben nur wie Vandalen gehaust."

„Danke für die Information. Wenn nichts fehlt, behalten wir das für uns, einverstanden?"

Sabine lächelt. Sie weiß, was die Unbekannten suchen. Schon längst hat sie die Unterlagen an Ingolfs Freund, den Anwalt Dr. Wichmann, weitergeleitet. Dabei teilte sie ihre Beobachtungen dem Anwalt mit. Anfangs war er der Ansicht, Sabine unter Polizeischutz zu stellen. Dann verwarf er schnell diesen Plan. Er hätte der Polizei in diesem Zusammenhang eine Aufklärung über das Verschwinden der Belastungsunterlagen geben müssen. Das wollten weder Sabine noch er. Damit würden sie zu dem Kreis der Verdächtigen zählen, oder noch Schlimmer, eine Anzeige wegen Unterschlagung von Beweismitteln erhalten. Beide wollen das gute Andenken an Carmen und Ingolf van Holm wahren. Sie wissen jetzt, dass Cornelia Opfer und nicht Täterin war.

Kapitel 11

Sabine wird durch das Läuten des Telefons geweckt. Widerwillig dreht sie sich im Bett um und drückt auf die Freisprechtaste. Ihr Gesicht klärt sich auf, als sie die Stimme ihrer Freundin Carmen hört.
„Sabine, es ist was ganz Schlimmes passiert!"
„Mit Hiobsbotschaften bin ich in der letzten Zeit bombardiert worden, was kann es da noch Schlimmeres geben?", entgegnet sie wenig interessiert.
„Helgas Mann ist verschwunden!"
„Was heißt verschwunden?"
„Er ist weg, einfach weg"
„Halte mich nicht so lange hin. Was ist wirklich passiert?"
Daraufhin entsteht am anderen Ende eine Pause. Wir haben gemeinsam einen Ausflug gemacht. Wolfgang wollte Zigaretten holen und dann ist er nicht mehr wieder gekommen."
„Was soll dieses zusammenhanglose Gerede. Erzählst du mir nun endlich, was los war, oder ich lege auf!"
„Also, für dich zum Mitschreiben. Am vergangenen Sonntag hatte mein Mann frei und war wegen der Kommunalwahl zu Hause geblieben. Wir unternahmen mit Helga und ihren Mann einen Ausflug nach Böhmen. Die

Männer wollten billig tanken und Wolfgang hatte den Wunsch sich mit Zigaretten einzudecken."
„Wann habt ihr festgestellt, dass Helgas Mann fehlt?"
„Du für mich ist das alles nicht lächerlich. Wir kehrten in einer Gaststätte, gleich nach der Grenze ein. Wolfgang sah auf die Uhr, stand vom Mittagstisch auf und hatte es plötzlich eilig Zigaretten zu holen. Helga war darüber verärgert. Sie haben sich deshalb gestritten. Als er nach einer Stunde nicht zurück war, wurde Helga unruhig. Mein Mann suchte daraufhin Wolfgang. Nach Stunden kam er ohne ihm zurück. Über den Gastwirt informierten wir die Polizei. Die Polizisten haben nur gelacht und gemeint, der sei zu einer Prostituierten gegangen und würde sich wieder einfinden."
„Das ist ja ungeheuerlich. Wie geht es Helga?"
„Die heult sich die Augen wund. Sie ist umso verzweifelter, weil es mit der Firma sehr schlecht steht. Ihr Buchhalter hat sie, nach Kenntnisnahme des Verschwindens ihres Mannes informiert, dass die Firma Konkurs anmelden muss. Alle glauben, dass Wolfgang sich abgesetzt hat."
„Oha, daher weht der Wind. Hat er das? Was glaubst du?"
„Jedenfalls glaubt das selbst die hiesige Polizei. Ich kann mir das nicht vorstellen."

„Habt ihr etwas Sonderbares nach dem Verschwinden oder davor festgestellt?"
„Helga meinte, der ambulante Stand der Asiaten, neben einem Wohnmobil, wohin ihr Mann gehen wollte, sei nicht mehr da gewesen. Mein Mann und ich können uns daran nicht mehr erinnern, wir haben uns auf der anderen Seite der Straße aufgehalten und getankt."

„Das ist sehr merkwürdig. Du sagtest, dass der Mann nun drei Tage verschwunden ist, ohne ein Lebenszeichen?"
„Können wir uns treffen, bitte Sabine."
„Carmen entschuldige, bei uns geht alles drunter und drüber. Nach dem Tod des Abgeordneten muss ich das Büro auflösen. Du weißt Cornelia und Ingolf haben keine weiteren Verwandten, deshalb muss ich seine Beisetzung organisieren. Ich weiß nicht, wo mir der Kopf steht. Bitte grüße Helga ganz lieb von mir, ich melde mich, wenn alles überstanden ist bei euch", erklärt Sabine bedauernd.
„Danke, bitte entschuldige die frühe Störung. Ich meinte ja nur, weil wir doch ein Kleeblatt sind", stellt die Freundin am anderen Ende enttäuscht fest.
„Ist schon gut, bis bald!"
Sabine drückt die Gesprächstaste aus.
Nein, mit diesem Problem will sie sich nicht belasten. Einen Grund wird es schon geben,

warum sich der feine Herr Schmidt, den sie persönlich nicht kennt, aus dem Staub gemacht hat. Helga tut ihr unendlich leid. Die Regelung von Ingolfs Nachlass ist für sie im Moment das Wichtigste.

Zur Beerdigung kommen mehr als hundert Trauergäste aus Politik und Wirtschaft. Die Feier ist besinnlich, der Redner würdigt eindrucksvoll Ingolfs Leistungen und Leben. Ein kleiner Freundeskreis sitzt hinterher zu einem Leichenschmaus zusammen.
Rechtsanwalt Dr. Wichmann spricht Sabine, Joachim und Frau Heidenreich an und bittet um eine Zusammenkunft am nächsten Tag in seiner Anwaltskanzlei.

Es ist früh am Tag, als die drei in die Kanzlei treten. Dr. Wichmann beendet ein Diktat. Mit einem Kopfnicken bittet er seine Gäste Platz zu nehmen. Nachdem die Sekretärin den Raum verlassen hat, erhebt er sich und reicht jedem die Hand.
„Können sie sich nicht vorstellen, warum ich gerade sie, heute zu mir bestellt habe?"
„Nein", antworten die Gefragten.
Dr. Wichmann drückt die Taste seiner Gegensprechanlage und gibt der Sekretärin die Anweisung die Akte Ingolf van Holms zu

bringen. Joachim beugt sich zu den Frauen.
„Was soll das?"
Die Frauen zucken mit ihren Schultern.
Dr. Wichmann setzt seine Brille auf, sieht die Anwesenden streng an, öffnet umständlich einen Umschlag und beginnt zu lesen.
„Mein Letzter Wille!"
Nachdem der Anwalt geendet hat, stehen den Frauen Tränen in den Augen, auch Joachim zerknüllt sein Taschentuch in den Händen.
„Wir werden nicht arbeitslos. Unser Chef hat an uns gedacht, als es ihm besonders schlecht ging!", stellt er erleichtert fest.
„Nehmen sie das Testament an?", fragt der Anwalt jeden persönlich.
„Ja, wir werden die - Carmen van Holms Stiftung - in Ingolfs Sinn, als Geschäftsleitung fortführen", bestätigt Sabine, die anderen nicken, und unterschreiben das vom Anwalt vorbereitete Schriftstück.

Kapitel 12

Josephine verspürt nach dem langen Arbeitstag Hunger. In der Küche ihres gemütlichen Appartements bereitet sie sich eine Scheibe Brot mit Fleischsalat vor, dann nimmt sie einen großen Schluck aus der Bierflasche. Das Zweite bringt einen Krimi. Die knabenhafte Frau, mit den kurz geschnittenen braunen Haaren und dem intelligenten Gesicht, amüsiert sich über den smarten Detektiv, der entgegen jeder Realität, stets im richtigen Augenblick zur Stelle ist. Während die Verfolgungsjagd immer schneller wird und die Verfolger, bei einer wüsten Schießerei, nie verletzt werden. Sie bricht in ein helles ansteckendes Lachen aus.
„Ja, ja, Fernsehdetektiv müsste man sein!"
Da schrillt das Telefon. Josephine erhebt sich von ihrem Sessel, stellt mit der Fernbedienung den Ton leiser, greift zum Telefonhörer und sieht auf dem Display eine bekannte Nummer.
„Hallo Sabine."
Sie hört gespannt zu, was ihre Schwester zu berichten hat. „Du hast einer Helga Schmidt einen guten Detektiv empfohlen? Natürlich werde ich den Auftrag weiterleiten, alles wird diskret bearbeitet. Für dich tue ich fast alles. Ich halte dich auf dem Laufenden. Tschüs bis bald."

Josephine-Maria W. hat die 40 schon überschritten. Sie erlernte nach der Schule den Beruf einer Reporterin, ging dann zur Polizei, später war sie in einer Rechtsanwaltskanzlei tätig und vor drei Jahren hatte sie sich mit ihrer Detektei selbständig gemacht. Josephine wurde zwei Mal geschieden, denn sie lies sich häufig mit den falschen Männern ein. Sie wollte nicht die Unterlegene sein, die Hausfrau und das Heimchen am Herd. Ihr Kühlschrank ist immer leer und Toilettenpapier ihre ganz persönliche Mangelware. Sie fährt einen alten Toyota mit Automatik, Kuppeln ist nicht ihr Ding. Obwohl sie viele Kontakte hat, ist sie eine Einzelgängerin, die gut mit einer Waffe umgehen kann, stark und selbstbewusst auftritt und sich meist den Rat ihrer fünf Minuten jüngeren Zwillingsschwester einholt. Ein weiterer Vertrauter ist Ronny, ihr Schulfreund, der ein Fitnessstudio betreibt. Sie geht regelmäßig dorthin, um ihre Kondition zu steigern, dadurch ist sie in keiner Situation unterlegen. Die Gespräche mit Ronny bauen sie auf, jedoch haben beide nur eine oberflächliche Beziehung miteinander, er würde sie in einer Notsituation nicht sitzen lassen. Josephine hatte die notwendige Prüfung als Anwaltsgehilfin bestanden und daraufhin die Lizenz als Privatdetektivin erhalten. Sie ist Mitglied der Berufsvereinigung, die sich Bund deutscher

Detektive nennt. Sie arbeitet vornehmlich für das Nachlassgericht und sucht Erben von vereinsamten Verstorbenen. Ein großes Glück hat sie, dass sich der Kriminalrat Meißner ihrer Person, als gute Polizistin und Schützenkönigin erinnerte. Wenn Ermittlungen anfallen, für die seine Dienststelle nicht zuständig ist, gibt er diese an ihre Detektei weiter.

Am nächsten Tag ruft sie ihre Aushilfskräfte zusammen. Sie greift dabei auf den bewährten Familienclan zurück. Tante Hilde war Gerichtsschreiberin, nun ist sie im Ruhestand und ihr Mann Rudolf Specht, ein frühverrenteter Kriminalbeamter, hilft in der Detektei gelegentlich aus. Andreas ihr jüngster Bruder, ein Jurastudent im letzten Semester, ist für einen Nebenverdienst immer offen und mit seinen Rechtskenntnissen eine große Hilfe. Andreas spielt in seiner Freizeit in einer Band und läuft schon mal zu Fuß, von München nach Venedig über die Alpen oder pilgert die 100 Kilometer über den Jakobsweg.
„Wir erhalten einen neuen delikaten Auftrag. Ich muss mein Büro professionell besetzen, ihr wisst mit Sekretärin und Sachverständigen."
„Worum geht es diesmal?", will Rudolf wissen.
„Ein Herr Schmidt wurde eines Organs beraubt." Andreas muss lachen. Josephine sieht ihn strafend an. Er kann sich nicht beruhigen,

ringt nach Luft und entschuldigt sich. „Weil so etwas - wirklich nicht an der Tagesordnung ist."
„Ihr beide wisst, warum ich mich selbständig machen musste. Oder soll ich wie viele andere Unschuldige, als Hartz IV Empfängerin auch am Hungertuch nagen?   Vor dem Selbstmord von Rechtsanwalt Dr. Klausner hatte ich als seine Mitarbeiterin einige Fälle von Wirtschaftskriminalität und Korruption in Kommunalverwaltungen zu bearbeiten, deshalb kann ich ganz gut einschätzen, was uns mit dem neuen Fall bevorsteht. Ich hatte Glück, erbte seine Kanzlei, weil er ein geborener Junggeselle war. Nur als Rechtsanwältin konnte ich seine Kanzlei nicht weiter betreiben, deshalb habe ich daraus eine Detektei gemacht. Wir müssen davon ausgehen, dass wir es in diesem Fall mit einer Mafia ähnlichen Struktur, voller Gewalt und Korruption, zu tun haben. Meine männlichen Kollegen sind der Auffassung, meine Ermittlungen seien sehr eigenwillig. Ich komme dabei nicht mit den Gesetzen in Konflikt. Eigentlich ist es sehr einfach, ich arbeite mit Partnern zusammen, die ich schon viele Jahre kenne und die sich, wenn sie meine Hilfe brauchen, auch auf mich verlassen können. Und ich nutze im Gegensatz zu unserer derzeitigen bundesdeutschen Wirtschaft die Erfahrungen der älteren erfahrenen Mitarbeiter,

gepaart mit dem aktuellen Wissen der Uni - Zöglinge", schwört Josephine ihr Team ein.

„Ich kann dir dokumentieren, werte Chefin, dass du damit effektiver bist, jedoch eine größere Ausbeuterin. Wir arbeiten, ohne auf die Uhr zu sehen für wenig Lohn an deinem Erfolg", frotzelt der angehende Jurist.
„Du sagst es. Erfolg wollen wir alle. Den Fall zur Zufriedenheit des Auftraggebers lösen!", mischt sich Rudolf ein.
„Morgen kommt Herr Schmidt.
Du Hilde besetzt das Sekretariat.
Dir Andreas wäre ich dankbar, wenn du dich schon mal im Internet mit Recherchen über Organhandel beschäftigst.
Und du Rudolf gibst mir Rückendeckung. Ich werde mich wieder mit meinem Klienten an der S-Bahn treffen. Bitte beobachte ihn und teile mir hinterher deinen Eindruck mit.
Wenn ich genau weiß, was er von uns will, werden wir morgen 17.00 Uhr im meiner Kanzlei alles Weitere besprechen. Kannst du kommen, oder habt ihr auch nachmittags Vorlesung?"
Fragend schaut Josephine ihren Bruder an. Dieser bestätigt, wie die Anderen, mit dem Nicken des Kopfes den Termin.

Kapitel 13

„Jo ist der Beste!"
Hat Helga ihrem Wolfgang gesteckt. Sie weiß von Sabine, dass Jo früher bei der Polizei, dann in einer Anwaltskanzlei arbeitete und heute eine Detektei betreibt. Sabine hatte Augenzwinkernd ergänzt. „ Jo trägt einen langen blauen Mantel aus gutem Tuch, das ist das Markenzeichen, trotzdem achtet niemand darauf.
Helga stellt sich vor, dass Jo aussieht, wie ihr Lieblingsschauspieler, der immer wechselnde 007 Agent.
Überzeugt von seiner Frau ruft Wolfgang diesen Jo an, der im so empfohlen wurde. Eine Frauenstimme antwortet ihm am Telefon, dass Jo den Auftrag übernimmt. Bereits eine Stunde später soll Wolfgang ihn an der S-Bahn - Station treffen.
Jo trägt eine unverfängliche Einkaufstüte in der rechten Hand und schiebt sich gekonnt an den hastig entgegenkommenden Passanten vorbei, rein zufällig rempelt sie den wartenden Wolfgang Schmidt an.   Jo entschuldigt sich und lächelt. „Entschuldigen sie Herr Schmidt meine Unachtsamkeit."
„Sie sind doch …"
„Eine Frau", ergänzt Jo den Satz. „Haben sie damit Probleme."

„Nein nicht wirklich. Wie haben sie mich erkannt, wir sind uns noch nie begegnet?"
„Spürsinn und dann haben wir uns hier für 12 Uhr verabredet. Alle Passanten stürmen davon und nur sie haben sich suchend umgesehen."
Jo wendet sich von Wolfgang ab, prüft die Umgebung und raunt ihm leise zu, „ich glaube wir werden beobachtet. Bitte folgen sie mir!"
Die Detektivin bewegt sich mechanisch, taucht immer wieder in der Menge der Passanten unter, sodass Wolfgang große Schwierigkeiten hat, sie nicht aus den Augen zu verlieren. Während Wolfgang den Bürgersteig entlang stolpert, geht er seinen Gedanken nach. Was soll das alles. Ich muss schon meiner Frau gerecht werden, die von dem Detektiv Hilfe bei der Aufklärung meiner Entführung und den Folgen erwartet?
Genau das sagt er auch Jo, nachdem diese ihn in ihr elegantes Büro gelotst hat.
„Mein Gott Mann, Entführung, sie sind wirklich naiv. Wir haben es hier mit einer osteuropäischen Mafia von Organhändlern zu tun!"
„Warum haben die mich laufen lassen?"
Dann blickt er sich in der Kanzlei um. Nickt grüßend in die Richtung der Sekretärin, stellt sich vor Jo auf und prüft sie mit einem durchdringenden Blick.
Jo weiß nach der kurzen Begegnung mit Wolfgang Schmidt, dass dieser Fall nicht einfach

zu lösen ist. Wobei sie sich schon manchmal nach dem ersten Eindruck getäuscht hat. Erscheint ein Fall kompliziert, so lässt er sich mit einer guten Kombination schnell lösen. Jedoch wenn ein Fall auf den ersten Blick einfach erscheint, kommen immer wieder neue Fakten hinzu. In diesem Fall hat sie es mit einer gefährlichen Unbekannten zu tun. Im Milieu der Organmafia ist besonders große Vorsicht geboten.
Zuerst muss sie von ihrem neuen Klienten allgemeine Informationen erhalten.
„Bitte begeben sie sich ins Sekretariat. Meine Sekretärin nimmt ihre Daten auf und danach werde ich sie zu ihrem Problem befragen und eine Strategie entwickeln."
Wolfgang lässt sich auf einen der bequemen Sessel fallen und beantwortet die Fragen der Sekretärin.
Jo setzt sich hinter ihren Schreibtisch und lässt ihre Gedanken baumeln, dabei beobachtet sie, durch die für Besucher unsichtbare abgedunkelte Glasscheibe, diesen Schmidt. Der Mann war ihr sofort unsympathisch, klein, glatzköpfig und sehr nervös. Er schiebt seine goldene Brille ständig umständlich hin und her, als habe er etwas zu verbergen.
Die Sekretärin öffnet Herrn Schmidt die Tür zum Büro von Jo und übergibt die neu erarbeitete Klientenakte. Jo bittet Herrn

Schmidt in einem Sessel vor ihrem Schreibtisch Platz zu nehmen.

„Als Erstes muss ich sie fragen, ob sie etwas einzuwenden haben, wenn ich unser Gespräch auf Tonband aufzeichne?"

„Nein überhaupt nicht. Bitte bringen sie Licht in das Dunkle. Wer waren meine Entführer und wo habe ich mich in den letzten Wochen aufgehalten?"

„Hat die Polizei ihnen keine Informationen gegeben?"

„Nein, ich glaube fast, die hat das alles gar nicht so richtig interessiert. Ich hatte eher das Gefühl, dass man in mir einen Straftäter gesehen hat."

„In welchem Zustand waren sie als man sie aufgriff. Können sie sich noch an etwas erinnern?"

„Nur an das, was meine Frau und unsere Freunde wissen."

„Wer sind ihre Freunde?"

„Eigentlich sind das nicht meine Freunde, sondern eher die meiner Frau."

„Wie soll ich das verstehen?"

„Meine Frau kam ganz begeistert von ihrem Klassentreffen zurück und erklärte mir, dass sie ihre Jugendfreundinnen Carmen, Cornelia und Sabine wieder gefunden hat. Eine arbeitet in der Politik und die anderen zwei sind Hausfrauen. Sie telefonierte danach stundenlang mit ihren Freundinnen. Die Frauen hatten

sich ausgemacht einen Ausflug nach Tschechien, zu unternehmen.

Erst, nachdem meine Frau schlechtes Gewissen bekam und mich nicht alleine zu Hause lassen wollte, entschied sie, dass die Männer mitfahren dürfen. Da Herr Krämer viel unterwegs ist, wurde der Termin mehr als kurzfristig festgelegt. Ihre andere Freundin Sabine leitete an diesem Sonntag das Wahlkampfbüro, sie war nicht abkömmlich und mir war der Zeitpunkt auch nicht recht. Wir erhielten völlig unerwartet 11.00 Uhr den Anruf uns am Grenzübergang zu treffen. Ich lies mich überreden. So unternahmen wir einen Ausflug nach Tschechien, um billig zu tanken und gemeinsam in einem gemütlichen Restaurant einzukehren. Ich lernte bei dieser Gelegenheit das Ehepaar Krämer kennen. Die Frauen hatten sich unentwegt etwas zu erzählen. Wir Männer taten uns schwer, hatten wohl auch nicht den richtigen Draht zueinander. Ich fühlte mich etwas unwohl und stand mit dem Vorwand Zigaretten zu holen auf. Vorher ging ich auf die Toilette. Ich kann mich noch daran erinnern, dass ich die Tür der Toilette öffnete, dann verspürte ich einen Schlag auf den Hinterkopf. Als ich wieder zu mir kam, stand ich an einer Straßenkreuzung, hinter der Grenze, ohne Papiere und in Lumpen. Die Polizei griff mich wegen Landstreicherei auf und der Erkennungsdienst stellte meine Identität fest. Der Krankenwagen brachte mich in ein Sanatorium. Dort wurde mir mitgeteilt, dass ich vermutlich einen Herzstillstand erlitten hatte. Die Ärzte entdeckten bei mir eine frische Narbe im Unterleib und wurden sich schnell schlüssig, dass mir eine Niere entnommen wurde. Als ich eines Tages Besuch von einer mir unbekannten Frau erhielt, erklärte mir die Krankenschwester, das sei meine Frau. Ich kannte diese Frau nicht, sie war nicht einmal mein Typ."

Beim Reden blickte er Josephine in die Augen.
Sie nickte und konnte sich ein Lächeln nicht verkneifen. Ein weiterer Funken der Antipathie war übergesprungen. Jo wusste, diesem Fall würde sie ihre ganze Aufmerksamkeit widmen.
„Bitte schreiben sie meiner Sekretärin noch die Adressen von den Freundinnen ihrer Frau auf. Sie hören von mir."
„Frau Specht, Herr Schmidt wird ihnen noch zwei Adressen aufschreiben. Bitte übertragen sie dann die Tonbandaufzeichnung und informieren sie unsere zwei Experten über die verdeckte Ermittlung. Wir müssen ergründen, was Cornelia Krämer, Carmen van Holms und Sabine Berger verbindet. Weiter brauchen wir von allen Beteiligten private und berufliche Kontakte und Persönlichkeitsmerkmale. Na sie wissen schon. Das alles benötige ich möglichst schon gestern!", wies sie Hilde über die Gegensprechanlage an.
Danach verabschiedete Jo sich höflich, aber reserviert von ihrem neuen Klienten und geleitet ihn aus der Tür.

Die Frauen sehen sich nach dem Schließen der Kanzleitür an. Rudolf, der sich im Nebenzimmer aufgehalten hat, kommt hinzu und flegelt sich wie ein Jüngling auf den Schreibtisch seiner Frau.
„Der ist nicht sauber!"
Hilde nickt.
„Ich bin der Auffassung, dass er nicht die ganze Wahrheit gesagt hat", bestätigt Josephine.
„Herr Schmidt drehte sich auf dem Weg zur Kanzlei mehrfach unsicher um, als er hinter dir her stolperte. Wenn dieser Mann der Auffassung ist, verfolgt zu werden, dann hat er auch etwas zu verbergen", gibt Rudolf seine Beobachtungen wieder.
„Vielleicht darf seine Frau nicht wissen, dass er in Tschechien wirklich eine Geliebte hat, wie es die Polizei vermutet. Womöglich wird er damit erpresst", wirft Hilde ein.
„Er hat mir nicht erzählt, dass sein Unternehmen vor dem Konkurs steht. Irgendetwas ist faul an der Sache", überlegt Josephine, die durch Sabine über mehr Informationen verfügt.
„Wäre er von allein auf die Idee gekommen einen Detektiv einzuschalten, oder hat er das nur gemacht, weil seine Frau ihm die Adresse gegeben und eine Aufklärung gefordert hat?", grübelt Rudolf.

„Ich nehme an, dass er gar nicht an einer Aufklärung interessiert ist. Sein Verhalten ist wenig kooperativ. Dazu war er anzüglich und genau das macht mich neugierig. Ich werde mit aller Kraft die Ermittlungen vorantreiben und hoffe auf eure tatkräftige Hilfe."
„Gern", erhält sie von ihren Getreuen zur Antwort.
„Wenn Rudolf seine Beobachtungen und du Hilde die Bandaufnahme niedergeschrieben hast, macht erst einmal Pause. Mit den Worten, „wir treffen uns wie vereinbart 17.00 Uhr wieder hier", entlässt Josephine das sympathische Ehepaar.
Rudolf und Hilde haben die Kanzlei verlassen. Josephine ist allein. Sie nutzt die ruhige Mittagsstunde, um etwas Ordnung im Büro zu schaffen.
Da tritt unaufgefordert eine mollige Frau durch die unverschlossene Kanzleitür. Sofort verbreitet sich ein unangenehmer Knoblauchgeruch, gepaart mit einem billigen Parfüm. Die Frau läuft mit raschen Schritten durch das Sekretariat direkt ins Büro und bleibt vor Josephines Schreibtisch stehen. Dabei fingert ihre rechte Hand an der Handtasche herum.
„Arbeiten Sie hier?" Jo nickt.
„Ich komme in einer äußerst delikaten Angelegenheit."

Josephine starrt die Frau an. Auf den ersten Blick ist ihr die Fremde unsympathisch. Sie stellt fest, dass sie das Gesicht früher schon einmal gesehen hat.
„Wie kann ich Ihnen helfen?"
Die Frau plaudert unbekümmert drauflos.
„Mein Mann ist ein Klient von ihnen. Er ist eigentlich ein guter Mann, aber viel zu vertrauensvoll, müssen sie wissen. Schlechte Freunde haben seine Gutmütigkeit ausgenutzt, dann ließen sie ihn in Stich. Es sind Schiebungen vorgekommen, Beamtenkorruption, dass sich die Haare sträuben. Mein Mann hat Beweise gegen diese Leute gesammelt. Denken sie vielleicht die, sind zur Verantwortung gezogen worden? Und dadurch ist sein Unternehmen den Bach runter gegangen. Ich wollte Insolvenz anmelden, nachdem er verschwunden war. Meine innere Stimme sagte mir, du musst die Bücher prüfen und die Kontenbewegungen. Wissen sie, was ich vorige Woche feststellte, da schrieb unser Unternehmen noch rote Zahlen. Aber nun, ich kann das alles nicht verstehen."
Sie überreicht Jo ein Dokument, das sie endlich aus ihrer Handtasche gezerrt hat. Die Detektivin nimmt Einblick in die Bilanz des Unternehmens. Sie ahnt, wen sie vor sich hat.
„Danke, für die Information. Haben sie mit ihrem Mann darüber gesprochen?"

„Nein, er hat Gedächtnisverlust. Ich wollte ihn nicht mit der Buchhaltung belasten. Vielleicht finden sie die Ursache des plötzlichen Aufschwungs heraus. Ich habe Angst es passiert noch ein Unglück!"
Jo sieht die Fremde ernst an, deren Redestrom, ohne Luft zu holen, sie völlig nervt.
„Liebe Frau sie sprechen für mich in Rätseln, wer sind sie denn eigentlich?"
„Ich bin Helga Schmidt."
„Nun haben wir endlich eine gemeinsame Basis uns zu verständigen."
„Bitte entschuldigen sie. Ich war zu überrascht und aufgeregt."
„Ist schon gut. Hat ihr Mann schon früher mit merkwürdigen Zeitgenossen zu tun gehabt?"
Jo ahnt, dass diese Informationen für ihre Ermittlungen wichtig sind. Dann blickt sie auf die Uhr. Der Zeiger steht bereits Viertel vor Drei, bald werden die Anderen zurückkehren.
„Gut, ich werde diese Unterlagen prüfen. Sie hören von mir. Darf ich sie nun bitten zu gehen, ich habe noch weitere Termine."
Frau Schmidt steht behäbig, mit einer beleidigten Miene auf und verlässt so schnell, wie sie gekommen ist, ohne Gruß die Kanzlei.
Josephine ahnt, das Frau Schmidt sich ohne Wissen ihres Mannes, mit der Buchhaltung beschäftigt hat und vermutlich auf eine Familienlüge gestoßen ist.

Kapitel 14

Zwei Stunden später ruft Frau Schmidt im Sekretariat an und widerruft den Auftrag ihres Mannes. Sie ist nicht daran interessiert mit der Detektivin zu sprechen. Die Sekretärin erklärt ihr, dass nur der Auftraggeber, in diesem Fall Herr Schmidt, den Auftrag stornieren darf.

Andreas stürmt wie abgesprochen am Freitag, beim fünften Glockenschlag der Turmuhr ins Büro und lässt sich erschöpft neben den Wartenden nieder.
„Nun hätte ich auch ausgeschlafen", pöbelt Rudolf seinen Lieblingsneffen schmunzelnd an.
„Lass deine dummen Sprüche, lieber Onkel. Ich habe die ganze Nacht am PC gesessen und recherchiert, heute Morgen fast die Vorlesung verschlafen, die Unterlagen in meiner Studentenbude vergessen, sie geholt und bin nun hier her gehetzt. Ich erwarte Anerkennung für meinen gezeigten aufopferungsvollen Einsatz."
„Wir wissen alle, was wir an uns haben, also keine Vorschusslorbeeren, liebes Brüderlein! Kann ich nun beginnen?", ruft Josephine die beiden Männer zur Ordnung und fährt fort.
 „Kurz zu unserem Auftraggeber, Wolfgang Schmidt. Ich habe den Eindruck, er verschweigt einige wichtige Details zu seiner Entführung.

Dazu kommt noch, dass er unter der Knute seiner Frau steht oder ihr gegenüber ein schlechtes Gewissen hat. Vor seinem Verschwinden war die Firma so gut wie pleite. Nun sind, sagen wir mal Außenstände eingegangen und das Unternehmen ist wieder rentabel."

Dann blickt die Sprecherin Rudolf an, ein Zeichen für ihn mit seiner Berichterstattung zu beginnen.

„Ich unternahm in der Mittagspause einen Spaziergang mit unserem Hund zu der Villa von Volker und Carmen Krämer. Eine andere Hundeliebhaberin, die unmittelbare Nachbarin des Ehepaares war sehr mitteilsam, oder einfach verärgert, weil die Krämers sich immer über Hunde – und Kinderlärm beschweren. Sie erzählte mir vertrauensvoll Folgendes."

Dabei setzt er sich zurecht und imitiert mit verstellter Stimme, die jeweilige Person, die er beschreiben möchte.

„Lieber Herr sie müssen wissen, der Mann ist nie da, muss so was wie Vertreter eines Pharmakonzerns sein, so steht es jedenfalls auf seinem Dienstwagen. Die Krämer prahlt damit, dass ihr Mann praktizierende Ärzte besucht und sie mit den neuesten Medikamenten seines Unternehmens bekannt macht. Er hat immer große Koffer mit Ärztemustern bei sich. Darin sollen Probepackungen und Prospekte über die

Einnahme der Medikamente sein. Sie sagt auch, ihr Mann sei ein besserer Handelsvertreter, weil er mit Akademikern zu tun hat. Die Gnädige putzt und pflegt sich den ganzen Tag und ist sehr überheblich. Dass sie keine Hunde mag, habe ich ihnen wohl schon erzählt?

Einmal war sie sehr nett zu mir, da wollte sie, dass ich in eine private Kuranstalt fahre, dort soll ihr Bruder Chefarzt sein. Irgendwo in Tschechien. Sie hatte wenig Verständnis, als ich wegen meines Hundes ihr Angebot ablehnte."

„An dir ist ein Schauspieler verloren gegangen. Danke Rudolf, wir werden sehen, ob deine Informationen uns weiterhelfen."

Josephine nickt Andreas zu, der schon aufgeregt mit seinem Stuhl kippelt und einen Bleistift zerbrochen hat.

„Ihr könnt euch gar nicht vorstellen wie entsetzt ich war, als ich im Internet – Organhandel - angeklickt hatte und auf einer Seite in Indien gelandet bin. Mir wurde auf einem Bild eine Niere für läppische 66 000 € zum Kauf angeboten." Die Anwesenden schütteln mit den Köpfen.

„Es wird ja noch viel schlimmer. Gegen einen ALG II-Empfänger wurde ermittelt, weil er eben für diesen Betrag seine Niere im Internet angeboten hat. Ich fand einem Artikel über „Ersatzteil Mensch". Er beschrieb plastisch, dass der globale Handel mit Organen meist über

Kriminelle abgewickelt wird. Führend sind hier Brasilien in Verbindung mit Südafrika und Indien. Ich fand auch Informationen über Europa; in Süditalien wurden illegale arme Organspender zur Verantwortung gezogen, auch in Tschechien wurden Mitarbeiter einer Klinik, wegen des Verdachtes mit illegalen Organen gehandelt zu haben, festgenommen. Dagegen in Moldawien blüht das Geschäft mit Nieren. Am meisten berührt hat mich der Bericht über ein Kinderkrankenhaus in England. Dort sollen Anfang der 90'er Jahre für ein Pharmakonzern Organe von lebenden Patienten, Kindern, entnommen worden sein. Die Thymus-Drüse, ein Antikörper, der in der Kindheit Schutz vor Infektionen bietet und sich dann später selbst zurückbildet. Im Gegenzug spendete der Konzern der Klinik für eine Herz-Abteilung Geld. Bestürzt hat mich ganz besonders, dass Bürgerkriegsflüchtlinge ihre Nieren zum Kauf angeboten haben."
Andreas ist aufgeregt und veräusgabt durch seine Schilderungen. Rudolf will alle Gemüter beruhigen.
„Wir dürfen an diesen Fall nicht so emotionsgeladen herangehen, sondern wieder sachlich werden."
Andreas fuchtelt mit den Händen.
„Lass mich erst einmal ausreden, denn ich habe genau das gemacht und mich mit den deutschen

Gesetzen dazu beschäftigt. Ich muss erst einmal feststellen, in Deutschland ist der Organhandel verboten! Geldstrafen und bis zu fünf Jahren Freiheitsentzug drohen denen, die sich nicht an das Gesetz halten. Das gilt für Spender sowie Empfänger und Handeltreibende. Deutschland ist in einem Verbund mit Österreich und den Beneluxstaaten zusammen geschlossen.
Die Organspender und Empfänger müssen lückenlos nachgewiesen werden, dabei werden Unregelmäßigkeiten ausgeschlossen", erklärt der angehende Jurist.
„Aber was ist mit den anderen europäischen Ländern?", will Hilde wissen. Andreas berichtet weiter.
„Ich weiß, dass es ähnliche Organisationen in England, Frankreich, Spanien, Portugal, Italien, Griechenland und Skandinavien gibt. So werden in Deutschland nur Organe von Hirntoten entnommen, wenn diese einen Organspenderausweis haben – oder die Zustimmung der Angehörigen vorliegt. Und das führt zu Engpässen, weil viel zu wenig Deutsche die Notwendigkeit erkennen, Organspender zu sein. Denn erst dadurch kommt es zur Kriminalität. Ich zum Beispiel trage meinen Organspenderausweis immer bei mir."
„Viele wissen nicht, wo sie den Ausweis erhalten", stellt Hilde fest.

„Diese Ausrede, die viele gebrauchen, zählt nicht", schaltet sich Rudolf ein.

„Da reicht schon ein Zettel mit der Willensbekundung im Ausweis oder den Führerscheinunterlagen."

Andreas öffnet seine Brieftasche und zeigt den Anderen vorbildlich seinen Ausweis.

„Andreas du tust so als hätten wir alle keine Verantwortung. Hast du vergessen, wer dich dazu ansprach?", stellt Josephine fest und gießt Kaffee in die bereitstehenden Tassen, damit sich alle erst einmal von dem Gehörten erholen können.

Die Stimmung in der kleinen Runde ist so aufgeheizt, dass keiner abschalten kann, am wenigsten Rudolf.

„Ich weiß, in den Ländern Belgien, Frankreich, Italien, Spanien, Portugal, Schweden, Finnland, Österreich, Luxemburg, Estland, Lettland; Litauen, Polen, Slowenien, Slowakei, Ungarn und Tschechien sind Organspenderausweise nicht notwendig, weil die Ärzte im Todesfall Organe generell entnehmen."

„Sag mal Rudolf, gehört Mallorca auch dazu?", will Hilde wissen.

„Natürlich ist doch Spanien."

„Kannst du dich noch an den Fall erinnern, als ein Reiseteilnehmer zur Abreise nicht erschien. Später erfuhren wir, dass er von der Hotelleitung Tod in seinem Zimmer

aufgefunden wurde. Er hatte am Tag vor der Abreise einen Bagatellunfall?"
„Ja, und ob ich das kann, er war Taxifahrer. Ich musste die Familie zu Pfingsten aufsuchen und die Todesnachricht überbringen", bestätigt Rudolf.
„Dann gab es eine Gerichtsverhandlung gegen den Reiseveranstalter. Die Familie durfte ihren Angehörigen nicht identifizieren, er kam in einer Urne zurück. Der Reiseveranstalter sagte, das sei preiswerter für die Hinterbliebenen. Die sich bis heute nicht sicher sind, ob der Verstorbene wirklich in der Urne war", ergänzt Hilde den Bericht von Rudolf. Sie war in der Verhandlung für das Protokoll verantwortlich gewesen und unzufrieden, dass der Richter das Verfahren eingestellt hatte.
Nun kommt Andreas wieder zu Wort.
„Ich nehme an, da hat keiner geschaltet. Die Ärzte vor Ort haben gehandelt, und damit ihre Operation Niemanden auffällt, den Toten eingeäschert. Wenn die Angehörigen die Zusammenhänge, die wir auch erst heute richtig kennen, zur Verhandlung vorgebracht hätten, wäre der Einspruch vom Widerspruchsregister geprüft wurden. Das Widerspruchsregister gegen Organspende befindet sich in Wien bei ÖBIG TRANSPLNT."
Rudolf holt tief Luft.

„Bitte redet all das nicht schlecht. Gerade dieses Gerede ist ein viel gebrauchtes Argumente gegen Organspenden. In Deutschland gibt es klare gesetzliche Regelungen, die den Organhandel verhindern sollen. Für die Unsicherheit und die Ängste in der Bevölkerung sorgen die Presse und viele unbewiesene Gerüchte. Medien gehen leichtfertig damit um und setzen Gewebe und Organhandel gleich. So wird mit dem Begriff Hirntod, Verteilergerechtigkeit und zu früher Therapieeinstellung, sehr oft der Organhandel gemeint, die illegale Entnahme. Bisher ist in Deutschland kein Fall von Organhandel bekannt. Wobei es sich bei Gewebehandel anders verhält, da gibt es schon schwarze Schafe, die illegal z. B. Hirnhaut entnehmen und weiterverkauft haben. So auch, wie uns Andreas im Bezug auf das englische Kinderkrankenhaus bereits berichtete. Diese Fälle wurden aufgedeckt und die Schuldigen bestraft. Zu der Zeit, als ich noch aktiv im Polizeidienst war, kursierten immer wieder Geschichten in der Bevölkerung, dass bei einer Einkaufstour in Elsass, Osteuropa, oder in der Türkei, irgendwer einem anderen eine Niere geklaut haben soll. Bei den Ermittlungen konnte kein Betroffener gefunden werden, also waren das nur Schauergeschichten, um auf sich aufmerksam zu machen. Deshalb kann ich nicht glauben, dass unser lieber Herr Schmidt nun die Ausnahme sein soll."

„Er steht sogar mit einem Fuß im Gefängnis, wenn sich bewahrheitet, dass er bewusst der Spender in einem Organhandel war. Schmidt tut gut daran, sich an nichts zu erinnern und die Polizei nicht einzuschalten", beendet Josephine die Diskussionsrunde zum Organhandel.

„Also, wie gehen wir weiter vor?", fragt sie in die Runde.

„Ich für meinen Teil werde der Familie Krämer weiter auf den Zahn fühlen. Der Chefarzt interessiert mich dabei sehr. Wollen wir nicht schon lange Mal zur Kur fahren, Liebling?", meint Rudolf zu seiner Hilde.

„Den guten Herrn Schmidt können wir erst einmal vergessen, dadurch wird er unsicher und kommt allein mit der restlichen Wahrheit raus", stellt der erfahrene Polizist a. D. noch fest.

„Ich nehme Kontakt zu meinen Bekannten in Prag auf. Wenn wir die Adresse von dem Chefarzt haben, müssen wir die Klinik unter die Lupe nehmen. Die Idee mit der Kur ist gar nicht mal so schlecht. Einer muss sich noch einmal mit unserer kleinen Schwester unterhalten, die kann bestimmt einige Informationen beisteuern. Sie hat ja schließlich den Kontakt über Frau Schmidt zu mir hergestellt. Wer macht das?", will Josephine von den Anwesenden wissen.

„Da fragst du noch, ich suche schon lange nach einem triftigen Grund sie mal wieder zu besuchen", meldet sich Andreas.

„Und ich werde alles vorbildlich zu Papier bringen und unsere Aufwendungen fein säuberlich für unseren Auftraggeber dokumentieren", fügt Hilde hinzu.

„Ich gebe euch und mir drei Tage, dann setzen wir uns wieder zur gleichen Zeit zusammen."

Mit einem Dank für die Hilfe ihrer Familienmitglieder und einer herzlichen Umarmung verabschiedet sich Josephine von jedem persönlich.

Kapitel 15

Samstagmorgen klopft es zwei Mal heftig an Sabines Wohnungstür. Die Frau sieht durch den Türspion in zwei listig daher blickende Augen eines jungen Mannes.
„Was willst du so früh hier?", entfährt es ihr überrascht, nachdem sie die Tür geöffnet hat.
„Das ist eine intelligente Frage. Dich sehen, was sonst."
In der Hand hält der Jüngling einen mit Folien umhüllten Strauß Nelken. Mit einem überschwänglichen Kuss schiebt er Sabine zur Seite und stürzt in die Küche.
„Ich dachte wir essen heute zusammen."
„Was du willst mich ausführen, hast du das große Los gezogen?", lacht die Schwester über seine gerade Art, sich bei ihr einzuschleimen. Andreas stellt die hinter seinem Rücken versteckte Einkaufstüte auf den Küchentisch.
„Ich habe alles Nötige besorgt. Du brauchst nur noch zu kochen."
„Das habe ich mir fast gedacht, dazu bist ja nur du imstande. Darf ich raten, was es heute bei uns gibt? Es kann eigentlich nur ..."
Sie greift in die Tüte und lacht, Maggi Fix, Saure Sahne, Hackfleisch, Käse und Nudelplatten, kommen zum Vorschein.
„Ich dachte ja nur, wenn wir wie früher unser Lieblingsgericht zubereiten, kann ich dir

zusehen und es plaudert sich so schön mit dir", entschuldigt er sich.

„Wir zubereiten, das möchte ich mal erleben. Du schaffst es immer wieder einen gedeckten Tisch zu finden, liebes Brüderlein. Du bist nach wie vor ein Schlitzohr.

Was hast du wirklich auf dem Herzen? Grundlos kommst du am Wochenende vor 13.00 Uhr nicht aus dem Bett. Dann noch mit unserem Lieblingsessen und Blumen, also raus damit."

„Ich stehe bald vor dem Examen und muss mich um eine Praktikantenstelle bemühen. Da dachte ich, dass du …?"

Bekennt sich Andreas zu der Wahrheit.

„Beziehungen, möglichst zu einem netten Anwalt habe, wolltest du sagen."

Sabine überlegt. Natürlich, Dr. Herbert Wichmann kann sie fragen, ob er eine tüchtige Hilfe auf Zeit in seiner Kanzlei braucht.

„Ich werde mich umhören, versprochen."

Sabine bereitet das Essen vor und Andreas sieht ihr schweigend zu. Während die Lasagne im Ofen vor sich hin köchelt, machen es sich die Geschwister auf dem Balkon mit einem Glas Martini bequem.

„Ich soll dir liebe Grüße von Tante und Onkel Specht sowie Josephine ausrichten. Wir sind an dem Fall dran, den du uns übermittelt hast. Dazu gibt es noch viele offene Fragen, die wir ohne deine Hilfe nicht klären können."

Sabine freut sich, dass sie ihrer Schwester unter die Arme greifen konnte und sie Hilfe von der Familie erhält.

„Es ist schön, dass wir als Familie so gut zusammenspielen, findest du nicht auch, Andreas?"

„Richtig, wir müssen wissen, wie Frau Helga Schmidt, gerade über dich an unsere Detektei kam."

„Helga ist eine ehemalige Schulfreundin von mir. Wir und zwei weitere Freundinnen, Carmen und Cornelia trafen uns bei einem Klassentreffen wieder. Wir Vier waren ein unzertrennliches Kleeblatt, nun sind wir nur noch Drei, denn Cornelia van Holms und ihr Mann sind vor wenigen Tagen verstorben."

„Was so plötzlich und dann gleich beide. Hatten die einen Verkehrsunfall?", will Andreas wissen.

„Nach Cornelias Tod erfuhr ich, dass sie erpresst wurde und keines natürlichen Todes starb. Ihr Mann, der Abgeordnete Ingolf van Holms, starb an den Folgen des Stresses; Tod seiner Frau, der Wahlkampf und sein akutes Nierenleiden. Ich werde die Stiftung, die Beide ins Leben riefen, in ihrem Sinne fortsetzen", berichtet Sabine traurig.

„Das sind ja interessante Fakten. Kannst du mir mehr über den Tod der Frau und die Erpressung erzählen" dringt Andreas in sie ein.

„Am besten ist, du sprichst mit ihren Anwalt. Er war der Freund von Ingolf van Holms. Mit ein bisschen Intelligenz kannst du Dr. Wichmann von deinen Qualitäten überzeugen", fällt ihr in diesem Zusammenhang eine Lösung für Andreas Praktikum ein.

„Danke liebes Schwesterchen. Es riecht schon verführerisch, ich glaube unser Essen ist fertig."

Sabine eilt in die Küche und teilt die Portionen auf. Für Andreas zwei Drittel, der Junge muss groß und stark werden, denkt sie verschmitzt bei sich. Nach dem Essen greift Sabine zum Telefon und ruft Dr. Wichmann in seiner Privatwohnung an. Er ist einverstanden Andreas am kommenden Montag gegen 14.00 Uhr zu empfangen. Andreas rechnet nach, dann hat er drei Stunden Zeit bis zum Meeting mit Josephine und kann Ergebnisse auf den Tisch legen.

Am Nachmittag schlendern die Geschwister, im schönsten Sonnenschein, am Ufer des Flusses entlang und jeder träumt vor sich hin. Sabine von ihrer neuen Herausforderung als Geschäftsführerin und Andreas sieht sich schon in einer vornehmen Rechtsanwaltskanzlei Akten wälzen.

Kapitel 16

Zur gleichen Zeit arbeiten Rudolf und Hilde an der Lösung des Falles. In der Villa Krämer klingelt das Telefon. Lydia, die Hausangestellte nimmt den Hörer ab. „Hier bei Krämer", flötet sie in die Muschel.
„Ja, Frau Krämer ist zu Hause, wem darf ich melden?" Sie hört zu, was ihr der Teilnehmer am anderen Ende zu sagen hat.
„Sie sind ein Bekannter unserer Nachbarin Sulzbach und wollen die Anschrift der Tschechischen Kurklinik haben. Die kann ich ihnen auch geben, damit muss ich Frau Krämer nicht belasten, einen Moment."
Lydia sucht auf dem Schreibtisch das Prospekt mit der Anschrift und der Telefonverbindung.
„Da bin ich wieder, haben sie einen Bleistift? Die Nummer lautet."
Sie buchstabiert die Nummer.
„Dr. Swoboda ist sehr nett, er wird ihnen alles Wissenswerte zuschicken. Berufen sie sich bei der Anmeldung auf Frau Krämer, auf Wiederhören."
In diesem Moment tritt Carmen ins Zimmer.
„Wer war am Telefon?"
Lydia antwortet schnell, „Herr Specht, ein Bekannter von Frau Sulzbach. Er wollte die Anschrift vom Kurheim haben."

„Hast du sie ihm gegeben und ihn darauf hingewiesen, dass er sich auf mich berufen soll?", fragt sie und dabei ziehen sich ihre Augen lauernd zusammen.
„Ja, das habe ich", sagt Lydia schnippisch und denkt, immer wieder habe ich den Kontakt zur Kurklinik schaffen müssen, aber die Vermittlungsprovision streicht die schöne Carmen selbst ein. Kann den Hals nicht voll kriegen.
Rudolf ist von der Freizügigkeit, Adressen an Unbekannte weiter zugeben, irritiert. Hat das Kurheim zu wenig Patienten oder sind die auf den Euro scharf? Er greift wieder zum Telefonhörer und ruft in der Kurklinik an. Eine freundliche Frauenstimme, die sich Schwester Jana nennt, meldet sich. Rudolf schaltet die Freisprechanlage an, damit Hilde mithören kann.
„Ah, sie sind aus Deutschland und ein Bekannter der Schwester unseres Chefarztes. Bitte geben sie mir ihre Anschrift. Sie erhalten von uns ein Prospekt mit allen Indikationen und Beschreibungen unserer Kurklinik. Ich kann ihnen gute Preise für die Nachsaison zusenden. Wir haben sehr günstige Sonderkonditionen, mit Vollpension, Chefarztuntersuchung und je nach Beschwerden bis zu drei Anwendungen am Tag."

„Vielen Dank, Schwester Jana, gern kommen wir zu ihnen. Legen sie uns einen Plan für die Anfahrt bei?"
„Das Wohl unserer Patienten liegt uns sehr am Herzen. Sie erhalten alle notwendigen Informationen schon in den nächsten Tagen. Ich lege ihnen ein Video bei. Auf Wiedersehen in unserem schönen Lazne."
Hilde ist angenehm überrascht von der netten Schwester Jana.
„Ich kann mir 14 Tage Kur gut vorstellen. Dabei erfahren wir sehr viel über Land und Leute."
„Und die Kurheimangestellten hast du bei deiner Aufzählung vergessen."
Rudolf schenkt seiner Hilde Kaffee ein, sie genießen nebeneinander die schöne Nachmittagssonne auf ihren Liegestühlen. Da tauchen plötzlich Jo und Andreas auf.
„Was macht ihr eigentlich zu Ostern?", fragt Andreas seine Verwandten.
„Warum?", will Hilde wissen.
„Ich dachte nur so. Wenn ihr nichts anderes vorhabt, dann schaltet doch mal das dritte Programm ein. Ich habe mich da dichterisch versucht. Die haben einen Satz vorgegeben und daraus sollte ein Vierzeiler werden."

Bescheiden legt der Studiosus ein Blatt Papier auf den Tisch. Jo ergreift das Blatt und lacht, selbst Rudolf kann sich nach dem Lesen das Lachen nicht verkneifen.

„Ihr seid gemein, ich will auch lachen", meldet sich Hilde vernachlässigt. Und schon hat sie das Blatt mit dem Gedicht in der Hand.

Zu Ostern bringt der Hase Eier,
Darauf wett ich keinen Dreier.
Der Hase schafft Nachwuchs,
du dummer Wicht,
Warum tun das die Deutschen nicht!

Kapitel 17

Im Café Jalta, auf dem Wenzelsplatz, wartet Mirko auf seinen Kollegen Victor. Dabei beobachtet er Touristen und den Verkehr auf dem berühmtesten Platz der Moldaumetropole. Der Mann verspürt Appetit, verursacht durch den Duft von frischem Gebäck. Am frühen Vormittag stehen in den Prager Kaffeehäusern auf dem Buffets frische Rum-schnitten, Sacherdörtchen, Sahne-rollen, Nusshörnchen und Apfelstrudel.
„Ist schon recht", meint Mirko zu der freundlichen Bedienung.
"Bringen sie zwei Kännchen Kaffee und zwei Rum-schnitten."
Ein ungleiches Pärchen betritt das Café. Der Mann ist vornehm gekleidet, hat wohl schon ein paar Jährchen auf dem Buckel. An der Hand hält er eine sehr junge hübsche Dame. Der Fremde setzt sich ans Fenster und deutet seiner Begleiterin an, ihn allein zu lassen. Sie begibt sich in den hinteren Teil des Cafés. Zehn Minuten später tritt ein weiterer vornehmer Herr, mit einem großen Aktenkoffer ein, der sich suchend umsieht. Seine Augen blitzen auf, als er den Mann am Fenster erblickt. Die Herren begrüßen sich freundlich, jedoch zurückhaltend. Ganz in die Beobachtung der zwei Fremden

vertieft, hat Mirko nicht mitbekommen, dass hinter ihm der erwartete Berufskollege steht.
„Na du Träumer?"
„Entschuldige, ich war in Gedanken. Bitte setz dich und genieße mit mir dieses edle Gebäck."
Viktor setzt sich und sieht in die Richtung, die für Mirko von Interesse wird.
„Da schau an, unser lieber Doktor Swoboda."
„Du kennst die Männer?"
„Nur den Älteren, der ist Mediziner und betreibt im Gebirge eine Kurklinik. Zusätzlich ist er Gastdozent in unserer Universitätsklinik in Moldawien."
Während Mirko die Delikatesse genießt, beobachtet er die Fremden weiter. Viktor steht auf, um die Toilette aufzusuchen. Beim Hinausgehen sieht er die Begleiterin des Doktors und nickt ihr unauffällig zu. Nach seiner Rückkehr berichtet er von einem Erlebnis.
„Die Prager sind sehr geschäftstüchtig. Ich beobachtete einen jungen Mann vor der Tür der Toilette. Auf einem kleinen Tisch stand ein Holzkörbchen, in der Mitte glänzte ein Euro. Ein Student vermute ich, der vor mir die Toilette verlies, überlegte nicht lange und steckte den Euro ein."
„Meinst du den mit der braunen Lederjacke?"
Viktor nickt.

„Das ist Milušku, der bessert hier und in anderen Cafés seine Tageseinkünfte auf."

„Und dagegen unternimmt niemand was? Wäre bei uns in Moldawien nicht möglich, da greift die Polizei schnell durch."

Mirko zuckt mit den Achseln.

„Unsere Polizei hat andere Probleme."

Da sieht er, wie der jüngere Fremde dem anderen ein Päckchen zuschiebt, sich verabschiedet, vor der Tür in einen schwarzen BMW mit deutschem Kennzeichen einsteigt und wegfährt. Mirko merkt sich die Autonummer, die ein Teil seines Geburtsdatums ist. Hinter sich hört er ein trippeln. Die Blondine schwebt mit einem Atem berauschenden Duft an im vorbei zu ihrem Begleiter ans Fenster, der sie mit einem Handkuss empfängt. In seine Beobachtung vertieft, bemerkt er nicht den bösen Blick seines Kollegen in die Richtung des ungleichen Paares.

Mirko schmunzelt und kann sich nicht verkneifen zu bemerken, „da schau an, der hat noch einen zweiten Frühling. Ich möchte wetten, dass der Doktor verheiratet ist und Kinder hat."

Bei diesen Worten verstärken sich die Zornesfalten auf Viktors Stirn. Nun bemerkt Mirko, die Mimik seines Berufskollegen.

„Was ist mit dir, kennst du die Frau?"

„Das ist Nina, eine Assistenzärztin der Moldawischen Uniklinik, die ein Praktikum in einer Kurklinik. …Weit weg von Prag absolviert."
„Und du kannst dir nicht erklären, was sie in Prag macht. Besser du vermutest, dass sie mit diesem Doktor Swoboda ein, über das berufliche Niveau hinausgehende, Verhältnis hat."
„Ganz richtig bemerkt", erhält er eine mürrische Antwort.
„Sag mal, ist Moldawien so klein, dass sich da jeder kennt?"
„Moldawien hast du ne' Ahnung."
„Dann erzähl mal."
„Meine Heimat ist ein Binnenstaat, grenzt an Rumänien und die Ukraine. Moldawien war mit 33.843 km² und einer Einwohnerzahl von 4.455.300 Anfang der 90'er eine der wohlhabendsten Sowjetrepubliken.
Seit dem 27. September 1991 sind wir von der Sowjetunion unabhängig, eine Demokratie. Wir haben viel Steppenland und fruchtbare Schwarzerde. Das warme Klima ermöglicht einen guten Wein- und Obstanbau. Wir produzieren Textilien und Elektroartikel. Die wirtschaftliche Lage und der Lebensstandard der Menschen hat sich immer mehr verschlechtert. Das durchschnittliche Monatseinkommen beträgt nur noch 30 Euro.

Wir zahlen eine Mehrwertsteuer von 20% und für Lebensbedarfsmittel; wie Brot, Milch, Gas und Post 8%, Moldawien ist nun eins der ärmsten Länder. Deshalb sind die Menschen sehr kreativ, um ihre Lebensqualität zu verbessern. Das siehst du an Nina. Sie ging in ein wohlhabenderes Land, weil sie durch ihren Vater der Professor ist, dazu die Möglichkeit erhielt. Anderen wird es nicht so leicht gemacht. In Moldawien blüht aus diesem Grund die Kriminalität."
„Dein Bericht ist erschreckend. Man könnte annehmen, dass die ehemaligen Sowjetstaaten ohne die Bevormundung von Moskau, nicht überleben können.
Eins verstehe ich nicht. Warum nicht du, sondern ich einen Artikel über Moldawien schreiben soll?"
Ist Mirko erstaunt.
„Das kann ich dir erklären. Ich würde verbissen und subjektiv daran gehen, das schreckt die Investoren ab!", antwortet Viktor ehrlich.
Danach trennen sich die Kollegen.

Kapitel 18

Am späten Nachmittag klingelt das Telefon. Mirko befindet sich in einer Schaffensphase und ist verärgert über die Störung. Er hat nur noch wenig Zeit, den Artikel über Moldawien fertigzustellen. Durch das Gespräch mit Viktor ist Mirko erst recht neugierig auf Moldawien geworden. Er will mehr über ein Land wissen, das so hübsche Mädchen hat und in wirtschaftliche Not geriet. Bei Recherchen im Internet stieß er auf einen kriminellen Erwerb des Lebensunterhaltes der Ärmsten. Damit belastet muss er immer wieder Änderungen vornehmen. Jetzt versteht er, warum Viktor den Artikel nicht schreiben will.
Das Telefon läutet immer lästiger.
Mirko hebt genervt den Hörer ab.
„Mein Gott Jo. Lebst du noch?"
Sein Gesicht strahlt, lange hat er von seiner liebsten Freundin nichts mehr gehört. Er kippelt, während er ihr zuhört mit dem Stuhl, zerknüllt die unbrauchbaren Manuskripte und wirft sie nacheinander in Richtung Papierkorb.
„Woran arbeitest du gerade?"
Der Mann mit dem grauen Schläfen, aber jugendlichem Gesicht, zieht die Augenbrauen hoch, während er weiter zuhört.

„Das ist Timing, ich habe gerade etwas Ähnliches über Moldawien recherchiert. Nur kann ich das nicht in meinem Artikel verwenden. Mein Artikel soll die Wirtschaft ankurbeln und Investoren anlocken, aber für dich sind meine Recherchen bestimmt hilfreich."
Er hört sich an, was Jo noch zu berichten hat.
„Ich sage dir, das ist ein sehr heißes Eisen! Ich habe einen Kollegen, der aus Moldawien stammt und in meiner Redaktion arbeitet.
Irgendetwas sagt mir, ihn nicht in den Fall mit einzuweihen. Du sagst, der Mann soll an der Grenze verschwunden sein, dann müssen ja auch hier Broker aktiv wirken."
Sein Gesicht bekommt eine nachdenkliche Miene.
„Natürlich bekommst du meine Unterstützung. Wann kommst du nach Prag? Glaube mir, ich verehre dich noch immer! Ahoi."
Mirko schreibt seinen Artikel beschwingt zu Ende, danach vereinbart er telefonisch einen Abstimmungstermin mit Viktor. Zwei Stunden später gehen seine Ergüsse in den Druck.
„Hallo David", spricht er den Chefredakteur an.
„Ich habe hier einen heißen Fall zum Tourismus."
„Und was bitte ist daran lesenswert?"

„Besser, es geht um eine kriminelle Art des Tourismus, um Organtourismus", er holt tief Luft, „hier bei uns!"
„Was sagst du da. Hast wohl wieder mal ne' blühende Phantasie?"
„Ich bin an einer ganz scharfen Sache dran, die Information habe ich aus Deutschland."
„Gut, ich erwarte morgen 14.00 Uhr Einzelheiten. Ist die Story gut, erhältst du meine Unterstützung."

Am nächsten Tag unterrichtet Mirko David über seine Recherchen im Internet, zu den verschiedenen Schauplätzen des schmutzigen Geschäftes mit Organen. Da werden Arme ausgeschlachtet, sogar Kinder, damit die Reichen weiter leben können. Er berichtet von Jos neuesten Fall und dem gewaltsamen Tod des Journalisten Weizmann.
Damit hat er einen Nerv bei David getroffen.
„Ja in vielen Ländern kommt es zu Repressionen gegenüber den Medien. Betroffen sind einheimische wie ausländische Journalisten. Nicht selten werden sie Opfer von Geiselnahmen.
Unser Beruf ist inzwischen lebensgefährlich geworden. Ich erinnere mich daran, dass bis zu den 90'er Jahren 57 Journalisten getötet, 59 verletzt und ca. 180 verhaftet wurden und 32 ausländische Berichterstatter wurden aus den

jeweiligen Krisengebieten verwiesen. Natürlich waren unsere Berufskollegen zum Teil selbst daran schuld, weil sie leichtsinnig waren. Ich muss dir das ja wohl nicht erklären, wenn du diesem Fall nachgehen willst. Ich kann dich beruhigen, gerade unsere Zeitung hat einen großen Einfluss auf die Meinungsbildung der Bevölkerung, deshalb sollten wir immer gewissenhaft recherchieren. Natürlich gibt es unter uns auch schwarze Schafe. Dazu gehörte Weizmann, der für seine Skandalberichte bekannt war und manchen Betroffenen in den Selbstmord trieb. Ich konnte diesen arroganten Pinkel, der für eine heiße Story über Leichen ging, nicht ausstehen. Sein letztes Opfer war ja wohl dieser deutsche Abgeordnete.
Damit sich unsere journalistischen Recherchen nicht mit den Ermittlungen von unserer gemeinsamen Freundin Jo überschneiden, denn unsere Polizei kann man ja in diesem Fall vergessen, arbeiten wir doch gleich mit ihr zusammen. Bei den letzten Recherchen mit ihr hatten wir immer die Nase vorn und konnten der Polizei die Täter auf dem silbernen Tablett liefern."
„Da stimme ich dir das erste Mal zu. Das heißt, ich kann Jo die Hilfe unserer Redaktion zusichern?

„Ja, ich gebe dir mein OK! Ich habe da noch eine persönliche Frage. Interessiert dich der Fall oder Jo?"
„Beides."
„Weiß sie das?"
„Glaube nicht. Sie will nach zwei gescheiterten Ehen keine Bindung mehr eingehen."
„Deshalb kannst du doch ..."
David macht eine verheißungsvolle Miene.
„Nein, mir steht unsere Freundschaft höher."
„Ich verstehe. Noch einmal zu Weizmann. Ihm diente die Aufdeckung von Missständen nur als Mittel zum Zweck. Und der Zweck war bei ihm Reichtum und Karriere im internationalen Maßstab. Siehst du und so sehe ich es auch bei unseren Ordnungshütern, die bestrebt sind, die gesellschaftlichen Begebenheiten, insbesondere der Mächtigen zu sichern. Da bleibt die Wahrheit oft auf der Strecke. Deshalb ist Viktor mit der moldawischen Hierarchie in Konflikte geraten. Er machte Großunternehmer zu Hauptschuldigen in einer Affäre um Kinderprostitution. Die Schuldigen wurden nicht bestraft sondern Viktor musste sein Land verlassen."
„Davon hat er mir gestern im Café Jalta nichts erzählt. Nun verstehe ich immer besser, warum er den Artikel über Moldawien nicht schreiben konnte."

„Bitte vergiss bei deinen Ermittlungen nicht, dass wir auch in so einer Welt leben! Diejenigen, die die Führung übernehmen, gestatten sich Privilegien. Einige Führungskräfte sind der Meinung, dass sie der Gesellschaft mehr als andere Menschen dienen, im Gegenzug verlangen sie einige Freiheiten. Sie übertreten wissentlich Gesetze. Es ist für sie selbstverständlich, dass wir Bürger, sie für Verfehlungen nicht zur Verantwortung ziehen. Nur hieb und stichfeste Beweise zählen in deinen Recherchen!"
Mirko nickt, er weiß, worum es David geht.

Kapitel 19

Zum Meeting in der Detektei sind alle mit neuen Erkenntnissen erschienen.
Rudolf und Hilde schwärmen von einer Schwester Jana aus der Kurklinik, die bald alle Unterlagen zur Kuranstalt zuschicken will. Die Kur kann in 14 Tagen beginnen. Legt Josephine im Einverständnis mit den potentiellen Kurgästen fest.
Die Chefin selbst berichtet über ihre Telefonate mit Mirko und der Redaktion von David, wo sie für die nächste Zeit ihre Einsatzzentrale aufschlagen darf. Josephine will schon in der nächsten Woche abreisen. „Und mich lasst ihr zu Hause, danke!", schmollt Andreas. „Vergiss nicht du musst für dein Examen pauken. Hinterher hast du so viel Geld, dass du uns zu einer Weltreise einladen kannst. Wir brauchen unseren besten Mann vor Ort", schmeichelt seine Schwester.
„Ihr werdet es nicht glauben, vor drei Stunden erhielt ich die Zusage, dass ich mein Praktikum in der Rechtsanwaltskanzlei von Dr. Wichmann ableisten darf. Er war der Freund von Ingolf van Holms. Da liegen Berge von Beweisen für unseren Fall, die ich als sein Mitarbeiter einsehen darf."

„Nun übertreibst du mächtig. Abgesehen davon, dass aus dir vermutlich doch noch etwas werden kann", stellt Rudolf schmunzelnd fest.
„Hast du den Kleinen schon wieder am Wickel?", frotzelt Josephine.
„Von wegen Kleiner, ich bin schließlich einen Kopf größer als du! Wenn ihr mich nicht immer ablenken würdet, wüsstet ihr schon mehr."
„Dann schieße schon los!", treibt Rudolf ihn an.
„Liebe Grüße soll ich euch von Sabine ausrichten. Sie fand in den Unterlagen ihres Abgeordneten Erpresserbriefe. Diese sollen von einem Romeo stammen. Hier ist seine Homepage."
Er legt den Zettel, den ihm Sabine gab, auf den Tisch. Dieser wollte Geld von Cornelia van Holms, Spendengelder, die sie angeblich in Brasilien veruntreut hat. Die Unterlagen liegen in der Anwaltskanzlei Wichmann. Genau die Beweise, die ich in der nächsten Woche einsehen darf!"
„Gut, du bleibst an dieser Geschichte dran. Wir konzentrieren uns auf Tschechien. Kontakt halten wir über die Prager Redaktion, die Adresse und Telefon sowie Fax Nummern habe ich euch aufgeschrieben. Verlangt Mirko oder David, sonst kennt dort keiner unseren Auftrag. In vier Wochen will ich den Fall abgeschlossen haben", legt Josephine fest.

„Damit bin ich nicht einverstanden!", meldet sich Hilde trotzig zu Wort.
„Was soll das heißen?", fragt Rudolf erstaunt.
Die Anderen beginnen an der Aufmüpfigen zu zweifeln. „Meint ihr, ich, erhole mich in 14 Tagen?", dabei sieht sie so zerbrechlich, fast bemitleidenswert aus.
„Entschuldige, daran habe ich nicht gedacht. Hilde hat recht, es darf nichts auffallen. Natürlich fahrt ihr 21 Tage zur Kur", lenkt Josephine ein und fragt die Anwesenden. „Seit ihr damit einverstanden? In fünf Wochen übergeben wir Herrn Schmidt unsere Honorarforderung."
Sie erhält ein wohlwollendes Nicken.

Kapitel 20

Sabine hat an diesem Tag lange gearbeitet, es ist schon dunkel, die Straßen sind menschenleer und der Regen strömt gnadenlos aus allen Schleusen des Himmels. Die Frau fröstelt, sie hat den Wunsch schnell die Dunkelheit hinter sich zu lassen und ein warmes Bad zu nehmen. In einer Nische, neben dem Eingang zu ihrem Haus, steht eine dunkle Gestalt. Der Fremde trägt einen langen Mantel, den Hut tief ins Gesicht gezogen und rührt sich nicht von der Stelle. Der Frau ist es unheimlich, sie muss schnell an dem Fremden vorbei, möglichst nicht anmerken lassen, dass sie unsicher ist. Sabine greift nach ihrem Haustürschlüssel, den sie in ihrer Jacke fühlt. Noch drei Meter, dann steht sie der dunklen Gestalt gegenüber. Sie ist auf der gleichen Höhe. Da dreht sich der Fremde um.
„Stehen bleiben!", ruft eine ihr bekannte Stimme.
„Bist du verrückt, mir so einen Schrecken einzujagen?
„Du bist aber Schreckhaft. Ich kann dir einen guten Psychiater empfehlen."
„Lass deine Albernheiten! Wo kommst du zu dieser Zeit her?"
„Direkt aus der Anwaltskanzlei, liebes Schwesterchen."

„Komm schnell rein, sonst weichen wir noch auf."
Sie hat die Tür aufgeschlossen und schiebt Andreas vor sich her.
„Du hast wohl wieder Hunger?"
„Auch, vor allem brauche ich deine Hilfe im Fall der Erpressung von Cornelia. Josephine ist schon nach Prag gefahren und die Familie Specht bereitet sich auf die Kur vor."
„Mache es dir erst einmal in der Stube bequem, ich koche uns einen Tee, dann kann es losgehen."
Schon nach wenigen Minuten sitzen sie in der bequemen Couchecke und rekonstruieren den Zwischenfall in Brasilien, der mutmaßlich die Ursache des Unfalltodes von Cornelia war. Dann kommen sie zu den Verursachern. Dazu gehörten; der Vorsitzende des internationalen Kinderhilfswerkes, der brasilianische Heimleiter und Thomas Weizmann.
„Was kannst du mir zu diesem Vorsitzenden sagen?",
muss Andreas unbedingt in Erfahrung bringen.
„Ich habe diesen Kerl nur einmal am Wahltag in der Wahlkampfzentrale gesehen. Der leibhaftige Teufel, er war lästig und unausstehlich. Der Mann ist nicht sehr groß, stämmig, hat kurzes dunkelblondes Haar mit Geheimratsecken und ein rundes nichtssagendes Gesicht."
„Wie kam eine Politikerfrau zu diesem Typ?"

„Ich erfuhr, dass er sie auf dem Flughafen in Wien, mit der Bitte sein internationales Kinderhilfswerk zu unterstützen, angesprochen hat. Daraufhin übernahm Cornelia die Patenschaft für zwei Waisenkinder in Brasilien und organisierte einen Wohltätigkeitsempfang in ihrer Villa. Sie wollte das Geld persönlich in Brasilien dem Kinderheim übergeben. Wie ich nun weiß, kam etwas dazwischen. Das stand alles in dem Erpresserbrief und dem Fax aus Brasilien.
Eins kann ich nicht verstehen. Warum erhebt dieser Romeo Anspruch auf das Geld, das Cornelia auf dem Wohltätigkeitsempfang eingenommen hat und warum kassiert er Patengelder für ein Kind, das schon lange Tod ist?
Erschüttert hat mich, dass nicht er dafür zur Verantwortung gezogen, sondern Cornelia für ihre Hilfe von der Justiz bestraft wurde!"
Sabine sieht traurig aus.
„Das kann ich dir sagen;
1. Cornelia hat in Brasilien nicht die Hilfe der deutschen Botschaft in Anspruch genommen, sondern die Spenden für die Kinder als Kaution hinterlegt.

2. Sie war schlecht beraten die Drohungen und den Erpresserbrief nicht ernst zu nehmen und die Polizei zu verständigen.

3. Hat die verzweifelte Frau alle Schreiben der Polizei, Staatsanwaltschaft und Gericht ignoriert und ungeöffnet, vor ihrem Mann versteckt.

Damit wurde sie erpressbar und Freiwild für ihre Gegner. Die Folgen kennen wir, Angst ist dabei keine Entschuldigung, denn Angst ist eine Illusion, die aus Unwissenheit entsteht", erklärt Andreas seiner Schwester.
„Soll ich dir noch was sagen", beginnt Sabine kleinlaut.
„Weißt du noch mehr?"
„Eigentlich nicht. Doch, Carmen hat das Kleeblatt gebeten, sie nach Brasilien zu begleiten. Ich bin heilfroh, dass ich zu dieser Zeit nicht abkömmlich war."
„Sabine, dann hätte die Geschichte eine positive Wendung genommen. Du machst prinzipiell nichts ohne Gegenrechnung. Du hast dein Diplom auch nicht auf dem Jahrmarkt gekauft", tröstet er sie.
Nach dem Essen und einem Glas Martini verabschieden sich die Geschwister. Andreas ist schon im Treppenhaus, da fällt ihm noch etwas ein. Er kehrt zurück und hämmert an die Wohnungstür.
„Hast du was vergessen?"
„Ja, Josephine braucht dringend ein Foto von den Familien Krämer und Schmidt. Sie will, dass

wir das in die Prager Redaktion schicken. Kannst du das organisieren?"
„Ich denke schon, weder Cornelia noch Helga wissen, dass ich mit der Detektei in Verbindung stehe. Ich lasse mir was einfallen."
„Es eilt! Hier hast du die Anschrift der Redaktion. Nun mache ich aber wirklich los, tschüss!"

Kapitel 21

Die abgedunkelte Limousine fährt sehr langsam von Ampel zu Ampel, durch die belebte Hauptstraße der Stadt. Nachfolgende Autofahrer fühlen sich behindert und hupen verärgert, Bremsen quietschen, die Limousine bleibt unmittelbar vor einem Bestattungsinstitut stehen, ohne sich um die anderen Verkehrsteilnehmer zu scheren. Der Fahrer und sein Beifahrer sind groß, muskulös, glatzköpfig, tragen dunkle Anzüge und schwarze Brillen. Einer springt heraus und öffnet die hintere Wagentür, ihr entsteigt ein Zwerg, im hellen Anzug mit einem Vogelgesicht, das ein Spitzbart noch hässlicher macht. Der Fahrer zeigt auf ein Schild neben dem Geschäftseingang. Er drückt auf den automatischen Türöffner und das Trio verschwindet im Haus.
Romeo lümmelt in seinem Ledersessel, die Beine auf dem Schreibtisch und sieht sich einen Pornofilm an. Die Tür öffnet sich und die drei Fremden stehen unangemeldet im Vereinsbüro des internationalen Kinderhilfswerkes.
„Hallo Romeo!", schnurrt das Vogelgesicht.
„Was wollen sie hier, wer sind sie", gibt Romeo verärgert von sich ohne seine Stellung zu verändern.

„Wie sieht es aus, willst du deinem besten Freund nicht Platz anbieten?", haucht wieder das Vogelgesicht.
„Freund, was soll das, ich kenne sie nicht!"
Romeo springt auf, die Situation ist ihm inzwischen zu blöd.
„Erinnere dich, du kommst viel herum in der Welt, wie ich aus deiner Internetpräsentation ersehen kann!"
Wieder das Vogelgesicht, das wohl hier der Boss sein muss, stellt Romeo fest.
„Also Spaß beiseite, wer sind sie und was wollen sie von mir?"
„Hast du schon einmal was von Carlos gehört."
„Ich kenne keinen Carlos!"
Wird nun Romeo doch etwas unsicher.
„Genau und das haben wir uns auch gedacht. Deshalb schickt uns Carlos zu dir. Er will das haben, was ihm gehört!"
„Und was soll das bitte sein? Ich habe nichts, weiß nicht, was sie von mir wollen."
Romeo geht in Richtung Fenster, wo er sich einen Fluchtweg ausrechnet.
„Dann müssen wir deinem Gedächtnis etwas nachhelfen.
Meine lieben Freunde, ich erlaube euch, schon einmal anzufangen."
Die Begleiter von Vogelgesicht wischen mit den Armen die Schränke ab. Alles fällt zu Boden, dann werfen sie die Schränke um und beginnen

wie die Vandalen das Büro zu bearbeiten. Als einer nach dem Fernsehapparat greift, ruft Romeo, „Halt!"
„Du erinnerst dich an Fotos, die du ins Internet stellen durftest? Carlos hat sein Versprechen gehalten, nun will er sein Geld dafür haben."
„Ich habe kein Geld dafür gekriegt. Es lief alles schief, ihr wisst doch selbst, dass die Frau allein nach Brasilien gefahren ist. Sie hatte das Geld."
Romeo hebt seine Arme, um Schläge abzuwehren.
„Das sehen wir aber ganz anders. Sie gab uns kein Geld und nun ist sie Tod, wie traurig", spottet das Vogelgesicht. „Und dir wird es auch so ergehen, wenn du Carlos Forderung nicht erfüllst!"
Dass Vogelgesicht und seine Begleiter nicht Scherzen erkennt Romeo sehr schnell. Sie halten schon ihre Kanonen im Anschlag.
„Mein Lieber du hast Cornelia van Holms und Thomas Weizmann auf dem Gewissen", stellt Vogelgesicht lachend fest. „Schade um die schöne Frau und ihren Stechling, du dagegen bist nur eine Kakerlake.
Die Polizei wird annehmen, dass du lieber Romeo für den Mord an den Beiden verantwortlich bist und mit dieser Schuld nicht weiter leben wolltest. Dass es so aussehen wird, dafür sorgen meine Freunde schon, wenn du nicht endlich vernünftig wirst. Eure Polizei ist

nicht mal imstande, einen Betrüger wie dich zu fassen, wie will sie uns da was anhaben. Wir machen unsere Gesetze allein und wer sich nicht daran hält, beißt ins Gras!"
Carlos kichert.
„Die Polizisten hier und in meiner Heimat sind Leute ohne Phantasie und höherer biologischer Bildung", hört er sich philosophieren. Dann dreht er sich um, sein Blick ist böse.
„Was ist nun, bekomme ich mein Geld?"
„Sie sind es persönlich Dorado, einen Moment."
Romeo fühlt sich ertappt. Er will nur noch, ohne körperlichen Schaden, aus der gefährlichen Situation herauskommen. Er schließt die Schublade seines Schreibtisches auf, entnimmt einer Kassette zwei dicke Geldbündel und reicht sie Dorado. Dabei sieht er den ehemaligen Geschäftspartner verachtungsvoll an.

„Warum nicht gleich so. Damit sind wie quitt. Durch dich und deine Frau van Holms haben wir uns zu weit von unseren ursprünglichen Geschäften entfernt. In Europa wollten wir keine Toten hinterlassen, du hast uns dazu getrieben, adios Amigo."
Die Tür fällt hinter den Dreien laut ins Schloss.

Kapitel 22

Nina stellt die Koffer ab, öffnet das Fenster und begutachtet ihr neues Heim, in dem Altbau der Kurklinik. Rosen stehen auf dem Tisch. Honza ist ein aufmerksamer Liebhaber, nein richtig, ab heute ihr Chef. Sie setzt sich auf den Rand des Sessels, heimisch, nein so fühlt sie sich hier nicht. Er hat ihr beim Abschied in Prag einen Schlüssel zugesteckt und leise ins Ohr geflüstert. Wir treffen uns gelegentlich in meiner Charta, oberhalb der Klinik, zu einer privaten Visite. Trotzdem kann sie ihre Erwartungshaltung, dass sich plötzlich die Tür öffnet und Honza ins Zimmer tritt, nicht verdrängen. Nina spürt noch den verächtlichen Blick der Verwaltungsleiterin und vernimmt die bösartige Begrüßung.
„So, sie sind also die neue Assistenzärztin eine Ausländerin noch dazu, das fängt ja gut an."
Sogar die leise gesprochenen Worte der anderen Angestellten hat sie sehr wohl verstanden. Nina tut diese Verachtung weh. Vor allem der abfällige Tonfall von Honzas Chefsekretärin, die sie beim Ausfüllen der Formulare fallen ließ, verheißt nichts Gutes.
Über das Zimmer kann sie sich nicht beschweren, es ist sehr hoch, dezent und gastlich eingerichtet. Die junge Frau öffnet den Koffer und beginnt ihre Kleidung in dem Schrank zu verstauen. Dann schaltet sie das

Radio an und summt den Schlager von Helena Vondraskova mit. Nachdem sie die Kosmetik im Bad verstaut hat, stellt sie den Laptop auf den Schreibtisch und ordnet ihre Fachbücher auf dem Regal darüber so ein, dass sie immer griffbereit sind. Erschöpft nach der vierstündigen Anreise und den Formalitäten nimmt sie wieder im Sessel Platz und gönnt sich einen Schluck Becherovka. Sie denkt wehmütig an ihre Heimat Moldawien. Warum wollte der Professor, dass sie gerade hier ihre Assistenzzeit verbringen soll, braucht Moldawien nicht auch gute Ärzte? Wer weiß, was mich hier noch erwartet, abgesehen von Honza.

Die neuen Kurgäste sind sehr früh angekommen.
"Ihre Zimmer können sie noch nicht beziehen!", teilt ihnen eine blonde Angestellte der Kurklinik, im perfekten Deutsch mit russischen Akzent mit. So entschließt sich das Ehepaar Specht das Gelände zu erkunden. Während Hilde immer einige Schritte voraus über den weichen Waldboden läuft, ruft sie schwärmerisch, „nein Rudi, ist es hier nicht himmlisch. Diese Stille, der Duft des Waldes, ich bin glücklich."
Sie bleibt stehen und blickt ihren Mann fragend an. Die Polizistengattin weiß, dass Rudolf die Umgebung genau unter die Lupe nimmt. Ganz

bewusst haben sie den von Sabine beschriebenen Weg zur Charta des Chefarztes genommen. Laut stellt Hilde fest, „diese Einsamkeit, wunderbar, nicht?"
Rudolf raunt ihr zu, „da ist die Charta, die Fenster sind geöffnet. Bitte gib dich weiter so bescheuert, damit fallen wir am wenigsten auf."
Zufrieden trottet die Frau weiter. Ab und zu stößt sie Entzückungslaute aus. Rudolf denkt, wenn Hilde wirklich so wäre, wie sie sich heute gibt, hätte ich sie schon längst umgebracht.
„Dort! Ein Eichhörnchen, du siehst es doch, ja?", ruft Hilde, sie bleibt stehen.
„Rudolf sieht in die bezeichnete Richtung. Er kann noch die Umrisse einer Frau erkennen, die sich zur Charta schleicht. Hilde reißt ihren Blick von dem Eichhörnchen, mit den blonden Haaren los, nimmt Rudolf am Arm und geht mit ihm zügig an der Charta vorbei. Der Weg wird breiter. Auf einem kleinen Parkplatz neben der Einfahrt steht ein schwarzer BMW mit deutschem Kennzeichen. Rudolf prägt sich das Nummernschild ein. Das Paar verlässt den Weg, sie setzen sich im Dickicht auf einen Stamm und erholen sich von den Strapazen der Anreise. Nach geraumer Zeit verlässt eilig ein Mann mit einem großen Aktenkoffer die Hütte, startet den Motor des BMW und fährt ab.
„Hast du dir die Autonummer gemerkt?"
„Ja, warte mal."

Rudolf holt sein Handy hervor und wählt eine lange Nummer. „Bitte verbinden sie mich mit Oskar, der von der Zulassungsstelle, richtig."
Oskar ist sofort bereit den Fahrzeughalter des BMW zu ermitteln. Schon nach wenigen Sekunden weiß Rudolf, dass dieser BMW, auf Volker Krämer zugelassen wurde. „Das müssen wir umgehend David mitteilen. Waren nicht die Krämers die Reisebegleiter von Schmidt, bevor er verschwand?"
„Das weiß ich, doch ich möchte den Pragern noch mehr mitteilen."
„Und was bitte?"
„Wer die Blondine mit russischem Akzent ist. Liebe Hilde, das herauszubekommen, liegt dir am besten."
„Das fängt schon spannend an. Schade, dass wir unsere Kamera im Koffer haben. Ich liege Josephine schon lange in den Ohren ein Fotohandy für unsere Ermittlungsarbeit anzuschaffen", ärgert sich Hilde.
„Das wird sie wohl bald tun, verlass dich darauf. Ich muss dir noch was sagen."
„Was mein geliebter Mann?"
„Ich bin froh, dass du dich nicht mehr so dämlich anstellst. Noch drei Sätze und ich wäre davongelaufen."

Kapitel 23

„Wie hast du dich hier in Prag eingelebt?", fragt David Jo, während er sie bei der Begrüßung herzlich umarmt. „Prag ist für mich inspirierend, jung, modern und trotzdem voller Historie", schwärmt die Gefragte.

„Die Redaktion hat aus Deutschland einige Fotos erhalten, darüber würde ich gern mit euch sprechen."

Wie aufs Stichwort gesellt sich Mirko mit vier Gläsern Becherovka zu ihnen. Er sieht dabei Jo über die Schultern, die von David die Bilder erhalten hat und einzeln ansieht. Mirko wird unruhig, nimmt Jo ein Bild aus der Hand.

„Den kenne ich, dabei zeigt er auf Krämer."

„Woher?", will Jo wissen.

„Er traf sich vor 14 Tagen im Café Jalta mit Dr. Swoboda und übergab diesem ein Päckchen. Der Doktor hatte eine junge Blondine im Schlepptau, die sich vor diesem Krämer versteckte."

Jos Handy klingelt.

„Hallo Rudolf, ihr seid gut im Kurheim angekommen, wart auch schon an der Charta von Dr. Swoboda", gibt sie laut das Gespräch für die anderen wieder. Die Männer hören aufmerksam zu.

„Ach nein, wirklich? Ihr habt den BMW mit dem 1007 observiert."
„Das ist der Wagen von Krämer mit meinen Geburtsdaten", kann Mirko nicht an sich halten.
Jo hält ihm den Mund zu, sie kann nicht verstehen, was Rudolf gerade gesagt hat.
„Bitte Rudolf wiederhole noch einmal, ich habe dich nicht verstanden. Eine Blondine hat sich in die Charta zu Krämer geschlichen.
„Das ist die Assistenzärztin Nina!"
Mirko kann wieder nicht diszipliniert sein.
"Das ist Nina! Ja ich habe gerade von Mirko bestätigt bekommen, dass er Nina auch kennt. Gute Arbeit danke! Wir wünschen euch einen schönen Kuraufenthalt, bleibt wachsam und haltet uns auf dem Laufenden."
Zu den Freunden gewandt meint die Detektivin, stolz auf ihr Team, „was sagt ihr nun?"
Mirko meldet sich wie ein Schulkind seine Augen bitten Jo um Verzeihung
„Nina ist das Gspusi von Dr. Swoboda? Ich weiß von Viktor, dass sie aus Moldawien stammt und die Tochter eines Professors an der dortigen Universitätsklinik ist. Ich habe das Gefühl Viktor weiß mehr, wie er mir verraten wollte."
„Lass ihn außen vor, er wird schon seine Gründe haben", versucht in David abzulenken. Dabei betrachtet er die Bilder in Jos Hand.
„Wen sehe ich denn da?"

Er greift nach dem Foto mit einem untersetzten Mann, mit einem runden Gesicht, braunen Haaren und Geheimratsecken. Dieser steht vor mehreren Kisten, die den Vermerk Spenden tragen.
„Kennst du den?", fragt Jo überrascht.
„Und ob ich den kenne. Das ist Romeo, der Mann beschäftigt die Medien und Justiz um seine schmutzigen Geschäfte ungestört abwickeln zu können. Hier beantragte er vor einigen Jahren beim Zukunftsfonds mehrere Tausend Euro für ein deutsch-tschechisches Kinderprojekt. Und denkt euch, das Geld wollte er auf sein Vereinskonto in Deutschland überwiesen haben. Wie ich weiß, wurde er nie zur Verantwortung gezogen", berichtet David.
„Da sehe ich Parallelen mit dem Wohltätigkeitsempfang in der Villa des Abgeordneten van Holms. Cornelia van Holms gab den Empfang und sammelte dabei Spenden für ein Waisenhaus in Brasilien und Romeo wollte das Geld von ihr, auf sein Vereinskonto. Sie habe ja schließlich sein Projekt unterstützen wollen. Nachdem Frau van Holms das Geld selbst nach Brasilien gebracht hatte, dazu gibt es noch Klärungsbedarf, erpresste und denunzierte er sie bei den Geldgebern. Schließlich erwirkte er die Eröffnung eines Strafverfahrens. Damit trieb er die Frau in den Tod", kombiniert Jo richtig.

„Das sieht ihm ähnlich. Er hatte sehr gute Kontakte zu Thomas Weizmann, der in jüngeren Jahren mit Romeo einen Swingerklub betrieben hat. Es gab immer Auseinandersetzungen mit den Geschäftspartnern, weil Romeo mit unlauteren Mitteln arbeitete. Nachdem Weizmann sich von ihm getrennt hatte, zündete Romeo einen seiner Swingerklubs an, um die Versicherungssumme zu kassieren. Hat wohl dann auch kurze Zeit gesessen, war aber schnell wieder als Freigänger unterwegs. In diese Zeit fällt auch der Betrug mit den Kinderprojekten in Tschechien und den fingierten Patenschaften für Waisenkinder. Er steckte die Patengelder ein und die Kinder gingen leer aus. Er wurde wieder einmal nicht dafür bestraft, nur seinen Verein musste er abmelden. Für Romeo kein Problem. Er gründete einen neuen Verein, fast mit dem gleichen Namen und meldete diesen in einer anderen Stadt an. Dann ging das gleiche Spiel wieder von Neuen los. Ich weiß, dass Romeo ein Film und Fotonarr ist und seine Fähigkeiten bei seiner Swingerklubarbeit einsetzt, um ungleiche Pärchen zu erpressen. Muss ich noch mehr sagen."

„Danke für deinen ausführlichen Bericht David. Ich habe verstanden, dieser Romeo lebt von dem Erfolg anderer, die ihm vertraut haben. Dazu ist er nicht gewalttätig eher gefühllos,

genusssüchtig und sehr verschlagen. Seine Ideen sind einfallsreich, um an das Gedankengut anderer zu kommen. Er nutzt Krisenherde in der Welt und verschafft sich mit einfühlsamen Worten Gehör. Durch seine kriminelle Ader kann er sich in die Gedanken der Ermittlungsbehörden hinein versetzen, kennt seine Rechte besser als jeder andere. Romeo organisiert Verwirrung, indem er Jeden gegen Jeden ausspielt, damit beugt er Maßnahmen vor, die für ihn gefährlich werden können!
Nun genug, wir verschwenden zu viel Zeit mit diesem Abschaum der Gesellschaft."
Jo nimmt die Bilder und erklärt den Freunden die anderen Personen.
„Die attraktive Frau ist Carmen Krämer, ihren Mann kennt ihr ja schon. Daneben, das ist Wolfgang Schmidt, unser Auftraggeber, mit seiner Frau Helga."
„Schmidt ist also der, dem ein Organ geklaut wurde. Der sieht aber nicht aus, als würde er sich etwas klauen lassen. Ein Geschäftsmann, dessen Firma eine Berg- und Talfahrt machte", stellt Mirko lächelnd fest.
„Mirko, du erinnerst mich an meinen Bruder Andreas, der nimmt den gut gekleideten Dicken auch nicht so richtig für voll. Rudolf und Hilde glauben, dass er was zu verbergen hat."
„Das nehme ich auch ganz stark an. Wir werden mal unsere Fühler in die Rotlichtszene

ausstrecken!" Entschließt sich David zu einem ungewöhnlichen Schritt.
„Weißt du mehr?", fragt Jo ungläubig.
„Dieser Herr Schmidt ist eindeutig ein Lebemann, ich nehme sogar an ein Spieler, von dem Kaliber die sich Liebe kaufen. Die Frau neben ihm kann ihm doch nur Kinder schenken und das Leben schwer machen."
David ist von seiner Einschätzung überzeugt.
„Wenn ich dich so reden höre, habe ich das Gefühl, du warst in meinem Büro anwesend, wo sich die Dame bei mir recht unangenehm eingeführt hat. An dir ist ein Psychologe verloren gegangen."
„Danke für das Kompliment. Nun will ich meinen Becherovka nicht länger nur ansehen. Zum Wohl!"
Die Freunde stoßen auf eine fruchtbringende Zusammenarbeit an.

Mirko lässt es keine Ruhe, warum er nicht Viktor befragen soll.
„David ist es nicht leichter für uns, Viktor zu fragen, was er über diese Nina noch weiß? Wo ist er eigentlich? Ich habe ihn seit unserem Gespräch in Café Jalta nicht mehr gesehen."
David will keine Auskunft geben. Erst als ihn der Freund so sehr bedrängt, gibt er zu, „ich habe Viktor einen kurzfristigen Urlaub

genehmigt. Er ist mit dem Jungmännerwerk seines Heimatlandes nach Israel gefahren."

„Das rechtfertigt keinen Urlaub. Bei uns machst du nie Kompromisse!"

„Viktor ist zum jüdischen Glauben konvertiert. Er hat versprochen uns einen Bericht über das israelische Gesundheitswesen abzuliefern."

„Was ist er? Unglaublich? Er war Kommunist und Kampfgruppenkommandeur?", reagiert Mirko erstaunt auf diese Information.

David winkt ab, das sind interne Entscheidungen, die interessieren unsere liebe Jo nicht.

Diese hat inzwischen die Gläser noch einmal gefüllt. „Nun beginnt der gesellige Teil unserer Zusammenkunft", stellt sie ablenkend fest.

Kapitel 24

Rudolf und Hilde waren durch die Unterlagen vorbereitet, dass sie einen wunderschönen Fleck des Erdkreises für ihre Erholung gefunden hatten.

„So buhlen die meisten Kuranlagen um Gäste", stellt Rudolf unbeeindruckt fest.

Er kann nach Augenscheinnahme nicht bestreiten, dass die Kuranlagen in einem schönen Tal unterhalb grüner Hügel, hinter denen sich riesige Sandsteinfelsen, durchzogen von tiefen Wäldern und Bergbächen ausbreiten, wirklich ein idyllisches Plätzchen ist. Die Heilwirkung des Mineralwassers wurde bereits im 15. Jahrhundert entdeckt, dann sollen angeblich Künstler, Politiker und Könige hier gekurt haben. Das Schlösschen wurde zum Kurhaus umgebaut, eine Promenade mit Trinkhalle lädt zum Flanieren ein. Die gepflegten Unterkünfte der Kurgäste befinden sich im nahen Wäldchen, gleich neben der Privatklinik.

Diese verfügt über einen Hubschrauberlandeplatz. So können Bergsteiger und Wintersportler, die verunglückt sind, unverzüglich zur Chirurgie geflogen werden. Ihnen bleiben die Strapazen mit dem Krankentransport über die Gebirgspässe zur 100 km weit gelegenen Kreisstadt erspart. Den

Kurgästen werden Indikationen für Herz- und Gefäßerkrankungen, Bewegungs- und Gelenkerkrankungen und Nervenerkrankungen, angeboten.
„Die Preise sind unverschämt günstig im Verhältnis zu westeuropäischen Kureinrichtungen!", muss Rudolf zugeben.

Die Assistenzärztin begleitet die Neu angekommenen am ersten Tag zu den Behandlungen. Sie legt Patientenkarteien an und hat für jeden ein liebes Wort. Hilde und Nina verstehen sich vom ersten Augenblick. Das Mädchen ist glücklich, wenigstens einen Menschen gefunden zu haben, der sie nicht erkennen lässt, dass sie hier nicht erwünscht ist. Hilde erfährt von einer Masseurin, dass Nina erst ein paar Tage in der Klinik arbeitet. Diese meint abfällig, „wieder so ein Flittchen des Herrn Chefarztes."
Immer öfter verbringt Nina mit Hilde ihre Freizeit, während Rudolf bei seinen Anwendungen ist oder mit dem Landstreicher Fredi Schach spielt.
Die junge Frau hat nach zwei Wochen immer noch keine Möglichkeit sich Honza allein zu nähern. Von ihm gehen auch keine Aktivitäten aus, das zu ändern. Dann erhält sie, wie schon in der ersten Woche, den Auftrag in die Charta zu kommen, ein Geschäftskunde müsse betreut

werden. Nina ahnt, was das für sie zu bedeuten hat. Sie ist darüber sehr unglücklich. Die junge Frau will hier als Assistenzärztin ihr Können unter Beweis stellen und nicht als Gesellschafterin.
Eines Tages bittet Nina Hilde um ein Gespräch unter vier Augen. Nachdem ihr die Ältere im Zimmer einen Platz angeboten hat, bricht Nina in Tränen aus.
„Frau Specht, sie sind immer so freundlich zu mir, ich bin so unglücklich!"
„Wein' doch nicht Kindchen", versucht Hilde sie zu trösten. Nina beginnt zu reden.
„Der Professor in Moldawien ist nicht mein Vater, sondern ein staatlich bestellter Vormund. Er hat mich schon als Kind vergewaltigt. Dieser Unmensch verlangte von mir, dass ich zu seinen westlichen Geschäftspartnern sehr freundlich und willig bin. So lernte ich Dr. Swoboda kennen. Mein Bruder wollte mich retten. Er hat mir das Geld für mein Medizinstudium in Prag bezahlt. Ich konnte bisher nicht flüchten, immer wieder spürten mich mein Vormund und seine Kumpane auf. Nur deshalb habe ich eingewilligt diese Stelle, anzunehmen. Honza, ich meine Dr. Swoboda war der Erste der mir versprach zu helfen, wenn ich zu ihm in die Privatklinik komme. Er wollte sich sogar scheiden lassen. Ich weiß, dass sie mich beobachtet haben, als ich zu diesem Deutschen gehen musste. Honza

sagte mir, das sei eine große Hilfe für ihn, denn der Mann würde ihn erpressen. Ich liebe Honza und möchte jede Gefahr von ihm abwenden. Liebe Frau Specht verurteilen sie mich nicht."
Nach der Beichte schweigt sie und wischt sich die Tränen aus den schönen Augen.
„Das ist ja traurig. Ich weiß nicht, wie ich ihnen helfen kann."
„Es ist schon gut, wenn ich einem Menschen mein Leid erzählen kann", erwidert die enttäuschte junge Frau. Ninas Piepser meldet sich. Sie schaltet ihn aus.
„Bitte entschuldigen sie, ich werde gebraucht."

Rudolf kommt in diesem Moment von seiner Behandlung zurück und stößt mit Nina an der Tür zusammen. Diese verbirgt ihr verweintes Gesicht vor ihm. Rudolfs scharfem Blick entgeht nichts.
"Was ist mit der Kleinen?"
„Nina hat uns die Erklärung geliefert, was sie in der Charta wollte. Sie wurde vom Chefarzt für Liebesdienste missbraucht. Das ist ihr Preis für die Freiheit!"
„Halte dich bitte da heraus. Wir sind hier um uns zu erholen. Vergiss dein gutes Herz, sonst gefährdest du unsere Tarnung!"
„Ich weiß, aber mir tut das arme Mädchen so leid!"
Hat seine Hilde wieder einmal das letzte Wort.

Kapitel 25

Fredi, Rudolfs Schachpartner wirkt heute sehr nervös, er scheint Schmerzen zu haben. Ein Auge zuckt, er streicht sich immer wieder über den struppigen schwarzen Schnurrbart. Seine dünnen, leicht fettigen braunen Haare trägt er zurückgekämmt, eine widerspenstige Strähne fällt ihm immer wieder ins Gesicht. Neben Fredi steht ein etwas jüngerer Mann, dessen Erscheinung genauso ungepflegt, wie die von Fredi ist, nur die dunkelbraune Samtjacke lässt erkennen, dass sie mal bessere Tage gesehen hat. Der Mann entschuldigt sich.
"Es tut mir leid, ich bin hier völlig fehl am Platz, aber Fredi bestand darauf, sie kennen zu lernen."
Rudolf und Hilde reichen ihm freundlich die Hand.
„Das ist Mirek", stellt ihn nun Fredi offiziell vor. „Der Doktor hat ein gutes Herz mit uns Obdachlosen. Er nimmt jeweils zwei Obdachlose für einige Tage im Jahr in seiner Klinik auf und untersucht sie kostenlos", erklärt Mirek, dabei blickt er zweideutig in Richtung Privatklinik. Rudolf hat das untrügliche Gefühl, dass etwas mit Mirek nicht stimmt und schon entdeckt er den Zettel, den Mirek ihm hinter Fredis Rücken zureichen will. Er liest, ohne sich etwas anmerken zu lassen. „Grüße von Jo!"

Laut sagt er und deutet auf dem Klubtisch hin, „dann wollen wir mal mit dem Spiel beginnen."
Hilde, die alles beobachtet hat, kann sich nicht verkneifen, „raffiniert", zu zischen. Der Neue versucht Vertrauen bei dem Klinikinsassen zu gewinnen. Dass die Klinikbetreiber das nicht merken, ist für die gestandene Frau unvorstellbar, denn Mirek hat die Statur eines Diskuswerfers und ist mindestens einen Kopf größer wie Fredi. Er hat schon recht, völlig fehl am Platz zu sein. Sie stellt den Männern drei Gläser und je eine Flasche Bier auf den Tisch. Nur Fredi greift zur Flasche, Rudolf und Mirek schütten ihr Bier in Gläser. Hilde denkt, durch so eine Geste würde er sich sofort verraten, also ist er kein Profi. Inzwischen losen Rudolf und Fredi die Farben aus. Mirek wendet sein Profil Hilde zu. Die Frau hat endlich Gelegenheit ihn näher zu betrachten. Er zwinkert ihr zu und wirkt dabei offener und entspannter als vorher. Fredi rückt mit dem Bauer vor. Das Spiel verläuft unspektakulär. Rudolf schlägt später einen Bauer mit einem Springer. Fredi rückt mit dem Läufer vor.
„Das sieht nach einem nie endend wollenden Durchschnittsspiel aus", meldet sich Mirek. Fredi ändert seine Taktik zieht seinen Springer und Rudolf den Bauer, dann schlägt Fredi den Bauer mit dem Springer, damit ist das Spiel wieder ausgeglichen. Alle konzentrieren sich auf

das Schachbrett. Fredi stöhnt plötzlich, greift sich ans Herz, hält sich noch an der Tischplatte fest und die Schachfiguren fallen mit ihm auf den Boden.
„Hilde rufe einen Arzt!"
Hat Rudolf die Situation im Griff. Sofort erscheint ein Pfleger und transportiert Fredi in die Privatklinik. Zurück bleiben das Ehepaar Specht und Mirek. Der sich als Jos Freund Mirko vorstellt und über Jos Ermittlungen berichtet.
„Jo ist noch in Prag, unser Verbindungsmann bleibt David. Ich wurde von der hiesigen Polizei als Landstreicher aufgegriffen und bekam die Wahl, Haft oder in der Privatklinik untergebracht zu werden. Obwohl Fredi und ich kerngesund sind, erhalten wir Schmerztabletten verabreicht. Wir müssen unter Aufsicht der Oberschwester diese schlucken. Indem sich Fredi an die Anweisung hält, habe ich geschummelt. Fredi hatte bisher keine körperlichen Gebrechen, das Leben auf der Straße hat ihn widerstandsfähig gemacht, deshalb kann ich mir seinen Zusammenbruch von vorhin nicht erklären. Wir müssen herausbekommen, was das für Tabletten sind. Zu wem haben sie hier Kontakt?"
Rudolf überlegt, Hilde kommt ihm zur Hilfe, „zu Nina?"
„Können sie Nina vertrauen?"

„Ja, sie wird gegen ihren Willen vom Chefarzt als Animierdame gehalten und deshalb von den anderen Angestellten der Kuranlage gemieden. Das hat sie mir anvertraut."
„Liebe Frau Sperling gehen sie vorsichtig vor, damit wir unsere Tarnung nicht verraten."
„Und sie, lieber Mirko lassen sich mit den Schmerztabletten nicht vergiften!"
Sie sucht Nina im Office auf. Nina verspricht sofort zu helfen und begibt sich ins Schwesternzimmer. Im Beisein der Chefsekretärin Ivana bereitet die Oberschwester die Tablettensonderration für die Obdachlosen vor.
„Was wollen sie hier", fragt Ivana Nina schroff.
„Ich suche Dr. Swoboda."
„Der ist nicht hier, sie wissen ganz genau, wo sie ihn finden können", zischt die Chefsekretärin ihr böse zu. Zur Oberschwester gewandt, bittet Nina um eine Tablette für Frau Specht. Die Oberschwester geht zum Arzneischrank und reicht ihr Gelonida.
„Warum geben sie Frau Specht nicht die Schmerztabletten, die sie für die Obdachlosen fertig gemacht haben?", will Nina wissen.
„Was geht das Sie an", mischt sich Ivana ein und ihre Augen verengen sich. Nina entdeckt beim Hinausgehen eine leere Verpackung der mysteriösen Schmerztabletten im Papierkorb. Nachdem die Oberschwester mit der

Chefsekretärin den Gang verlassen hat, schleicht sich Nina zurück, nimmt den Papierkorb auf, um ihn zu leeren. Die zurückgekehrte Chefsekretärin beobachtet sie verächtlich.
„Genau, das ist die Arbeit, wozu sie taugen, Schmutz beseitigen. Meine Beste lassen sie ihre Finger von Honza, sonst passiert noch Etwas!"

Nina ist unangenehm berührt, sie entleert im dunklen Müllschluckerraum den Papierkorb und will die Packung an sich nehmen, da greift eine Hand nach dieser, stößt die erschrockene Frau zur Seite, die Tür knallt ins Schloss. Nina ist eingeschlossen. Eine Stunde später entdeckt sie die Reinigungskraft. Nina hat auf dem Weg bis zum Müllschlucker die Aufschrift „Anox" auf der Verpackung lesen können.

Kapitel 26

Mirko wartet seit Stunden auf die Rückkehr von Fredi. Nachdem dieser nicht erscheint, beobachtet er von seinem Zimmerfenster aus ein reges Treiben, in der unweit vom Kurhaus liegenden Privatklinik.
Ein Rettungshubschrauber landet und startet nach geraumer Zeit. Er sieht, wie ein Klinikmitarbeiter dem Piloten einen Behälter übergibt. Beunruhigt verlässt er das Zimmer und stößt mit der Assistenzärztin Nina zusammen, die völlig nervös den Gang entlang eilt. Er fragt sie nach Fredi.
„Ich weiß nicht, wo ihr Zimmerkamerad ist. Bitte fragen sie die Oberschwester."
Der Mann lässt sich nicht abweisen und klärt Nina über die Umstände des Verschwindens auf.
„Ach sie meinen den Notfall. Ich hörte, dass der Kranke einen Herzstillstand hatte und operiert werden musste."
„Bitte helfen sie mir Nina, ich muss Fredi finden!"
Dabei schaut er sie flehentlich mit seinen blauen unwiderstehlichen Augen an.
„Ich kenne einen Zugang zur Privatklinik durch das Kellergeschoss. Bitte folgen sie mir."
In der einsetzenden Dämmerung schleichen sie sich zu dem besagten Eingang. Die Tür ist nicht

verschlossen. Durch einen unbeleuchteten Gang erreichen sie die Treppe zum Vorraum des Operationssaales. Sie müssen zurück, weil sich die Tür öffnet und ein abgedeckter Patient herausgeschoben wird, dann ist es wieder still im Vorraum. Die Geräusche hinter der Tür weisen darauf hin, dass die Instrumente geordnet werden und die Operateure sich waschen. Mirko schleicht sich zu der Bahre, hebt das weiße Tuch hoch und erstarrt. Sein Gesicht wird fahl, das Tuch gleitet zu Boden. Vor ihm liegt sein verschollener Zimmergenosse mit einem schmerzverzerrtem Gesicht, schlohweißem Kopf- und Schnurrbart-haaren. Mirko entdeckt eine große, frische Naht im Unterleib des Toten. Nina steht dicht neben Mirko. Es ist ihr anzumerken, dass sie Angst hat, ihre Stimme zittert.

„Ich habe von Moldawien gehört, dass arme Menschen als Ersatzteile für Reiche herhalten müssen. Aber das dies hier in der vornehmen Klinik auch praktiziert wird, darf und will ich nicht glauben."

Sie schaut auf Mirko und ahnt, was in ihm vorgehen muss, denn er wird das nächste Opfer, dieser geldgierigen Menschen werden. Die Tür vom Operationssaal wird aufgestoßen. Im Rahmen steht Honza. Seine Augen ziehen sich gefährlich zusammen, als er Nina und den zweiten Obdachlosen erkennt. Nina und Mirko

ergreifen die Flucht. Honza, der seine Verwirrung überwältigt hat, verfolgt sie. Mirko läuft geistesgegenwärtig den Weg zurück, den sie auf dem Hinweg benutzten. Nina stürzt zum Fahrstuhl, der geöffnet ist und sich in dem Moment schließt, als Nina eintreten will. Honza hat sie erreicht, hält sie schmerzhaft am Arm fest und sieht sie ernst an. „Was soll das, warum rennst du vor mir davon? Ich erwarte dich 21.00 Uhr in der Charta!"
Dabei denkt er. Nina hat das Geheimnis um die Privatklinik herausgefunden, das muss sie mit dem Leben bezahlen. Nina ist froh, dass sich der Fahrstuhl wieder öffnet und sie allein einsteigen kann.
Diese Szene hat Honzas Chefsekretärin von der Tür aus beobachtet. Sie tritt ihm entgegen und fragt arrogant, „seit wann deckt ihr einen Verstorbenen nicht ab?"
Sie hebt das Leichentuch auf und deckt den Toten zu. Honza betrachtet die Frau. Ivana ist sehr anziehend, deshalb hat er sie zu seiner Geliebten gemacht. Sie jedoch fühlte sich damit schon als seine Frau und wurde zu selbstbewusst. Honza weiß, dass sie eifersüchtig auf Nina ist. Er kennt ihr Geheimnis nicht. Ivanas permanenter Begleiter ist der Alkohol, bisher wusste sie dies ihrem geliebten Chef gegenüber zu verbergen. Das macht sie

unberechenbar und gibt ihr den Mut sich gegen ihn zu stellen. „Honza du wirst leichtsinnig!"
„Wie soll ich das verstehen?"
„Ich habe dazu geschwiegen, dass du Patienten aus Moldawien mit Anox behandelt hast, nun sind es unsere Landsleute, die du in deine Versuchsreihe einbeziehst, diese Sache wird mir zu heiß!"
„Du bist ja nur sauer, weil ich dich nicht mehr besuche."
„Ich habe es nicht nötig, dir altem perversen Mann nachzulaufen, aber vielleicht sollte ich deiner Frau einen Besuch abstatten?"
„Wenn du dir das wagst, dann wirst du mich richtig kennenlernen."
Die Frau lacht.
„Ich habe vor dir keine Angst, dafür weiß ich zu viel. Du kannst mich nicht einfach abschieben. Ich warte 21.00 Uhr in der Charta auf dich. Wenn du nicht kommst, gehe ich zur Polizei!"
„Nein, nein, da sind meine Frau und Mutter!", dabei denkt er daran, dass er Nina vor ein paar Minuten dorthin bestellt hat. Ivana hat sich schon umgedreht und den Gang verlassen.

Mirko hat inzwischen den Hinterausgang erreicht, bleibt einen Augenblick stehen und blickt zurück. Da gewahrt er Nina, die ihm auf anderem Weg gefolgt ist. Die junge Frau war tapfer, bis ins Tiefste ihres Wesens. Jetzt, da sie sich außer Gefahr wähnt, kriecht ihr ein riesiges Gefühl der Angst durch alle Adern. All ihre Instinkte sagen ihr, ich muss flüchten. Geistesgegenwärtig gibt sie Mirko den Hinweis, er möge sich an Herrn Specht wenden und ihm all das Geschehene erzählen. Dann ruft sie ihm noch zu, „bitte nehmen sie keine Schmerztabletten mehr ein, die den Namen Anox tragen, die sind tödlich, wie sie soeben gesehen haben!"

Nina zwingt sich zur Ruhe. Sie muss sich erst vergewissern, dass sie nicht verfolgt wird, wie vorhin im Müllschluckerraum und sich niemand in dem Schatten der Bäume verbirgt. Die junge Frau beißt die Zähne zusammen und geht ruhig zum Parkplatz. Da hört sie hinter sich ein knackendes Geräusch, sie versteckt sich hinter einem Baum. Mit einem Gefühl der tiefsten Erleichterung sieht sie, wie das Auto der Familie Specht von einem Ausflug zurückkehrt. Nina tritt zu Hilde und teilt ihr den Namen des Schmerzmittels mit.

Kapitel 27

Von Erwartung erfüllt, rennt eine Frau gegen 20.30 Uhr in Richtung Charta. Ihr Rocksaum bleibt an einem Rosenbusch hängen. Sie hasst diese Rosen, die ihr Honza immer schenkte. Gewaltsam zieht sie die Kleidung zurück, mit einem unangenehmen Geräusch zerreißt der Stoff. Die Dornen verletzen die Frau, sie spürt das Blut, das ihr am Bein hinunter läuft. Von einer plötzlichen Angst erfüllt, denkt sie an Honzas letzte Worte und stürzt in die Charta. Atemlos steht sie in dem finsteren Raum, nachdem sie mehrmals tief einatmet, ist der Schmerz an dem Bein verschwunden. Sie spürt die Nähe eines Menschen, hört das Atmen eines anderen. Ihre Sinne schärfen sich, sie will das Geräusch orten.

Mirko sucht sofort Rudolf auf, der soeben mit seiner Frau von einem Ausflug zurückgekehrt ist und berichtet von den Vorfällen des späten Nachmittags. Beide informieren David und bitten ihn zu recherchieren, was es mit den Schmerztabletten Anox auf sich hat.
Völlig unerwartet wünscht David von ihnen, „bitte beschützt Nina. Ich werde sie abholen lassen!"
Rudolf, Hilde und Mirko sehen sich zweifelnd an.

„Wenn er dass will, muss es einen Grund geben."
In ihrem Zimmer ist sie nicht, auch auf dem Gelände der Kurklinik können sie Nina nicht finden. Sie hörten, dass der Chefarzt gegen 22.00 Uhr die Klinik Richtung Prag verlassen hat.
„Dann kann sie nur noch in der Charta sein", rät Hilde die junge Frau dort zu suchen.
Mirko sieht sich suchend in der Charta nach Nina um. Sie muss doch hier sein. Das Bett ist zerwühlt, braune Damenstrümpfe liegen über einem Stuhl. Sonst ist nichts Auffälliges in diesem Raum zu sehen. Rudolf öffnet eine Tür am Ende des Raumes, vermutlich eine Abstellkammer.
Ein lebloser Körper fällt ihm entgegen und landet vor seinen Füßen. Der Tode hat lila unterlaufene Würgemale am Hals, seine weit aufgerissenen Augen starren den Betrachter an. Im Gesicht hat der Mann auf der Wange drei Kratzer, die von spitzen Fingernägeln stammen müssen. In der Abstellkammer findet der herbeieilende Mirko eine Waffe, der drei Kugeln fehlen. Beim genauen Untersuchen sieht Rudolf auf dem Holzfußboden Blut. Er stellt fest, „ der oder die verletzte Person hat sich ganz schnell verdrückt! Wo ist Nina?"

Kapitel 28

Am nächsten Tag herrscht im Kurheim Aufregung. Es hat sich herumgesprochen, dass Fredi an Herzinfarkt gestorben ist. Die Aufwartefrau fand beim Aufräumen der Charta einen unbekannten Toten.
Der Obdachlose Mirek und die Assistenzärztin Nina sind verschwunden, was für alle als ein Schuldeingeständnis steht.
Gegen Mittag treffen eine Sonderkommission und die Presse aus der Hauptstadt im Kurheim ein. Oberkommissar Peter Beranek leitet die Ermittlungen. Er ist nicht wenig erstaunt, dass David in Begleitung einer Dame angereist war.
Die Chefsekretärin Ivana Pavlik hat ihm den Mord in der Charta und den Verdacht, dass die Täter Mirek und Nina flüchtig sind, gemeldet. Nach Abschluss der Spurensicherung nehmen David und Jo den Tatort nochmals in Augenschein. Die Polizei kann den Toten nicht identifizieren.
Jo nickt David zu. Beranek gegenüber bestätigen sie, „das ist Volker Krämer, der Schwager des Chefarztes.
Auf dem Parkplatz am Kurheim haben wir seinen schwarzen BMW gesehen."
Der Oberkommissar veranlasst eine Befragung der Kurheimmitarbeiter und Patienten.

Er geht davon aus, dass der Tod des Fremden gegen 21.00 Uhr eingetreten ist. Dazu finden seine Ermittler am Tatort Kampfspuren und Blut. Auf der Waffe des Toten sind nur seine Fingerabdrücke. Also muss er drei Mal geschossen und zwei Mal seine Angreifer getroffen haben. Die Todesursache ist ersticken. Der Tote hat keine Papiere und Geld bei sich. Sein Gesicht weist Kratzspuren von spitzen Fingernägeln auf.

Das Blut auf dem Boden stammt von zwei verschiedenen Personen und nicht vom Toten.

Bei der Befragung macht die Chefsekretärin widersprüchliche Angaben zur Abreise ihres Chefs. Sie erklärt, er sei 20.00 Uhr zu einer Tagung abgereist. Die Oberschwester gibt an, ihn noch 21.45 Uhr aus dem Ordinationszimmer kommend, mit einer großen Aktentasche, gesehen zu haben.

„In seiner Prager Wohnung ist er bis zur Stunde nicht angekommen", informieren die Prager Ermittler Beranek über Funk. Dieser löst eine landesweite Fahndung nach ihm aus.

Die Polizei erhält von der Kurverwaltung einen Belegungsplan für die Befragung der Kurgäste.

Im Kurheim hielten sich zur Tatzeit 20 tschechische Kurgäste, ein deutsches Ehepaar, ein Patient aus Moldawien und zwei Obdachlose auf, wobei einer verstorben und der Zweite abgängig ist.

Die 20 tschechischen Kurgäste haben nichts Ungewöhnliches bemerkt. Interessant für die Ermittler ist die Befragung des Kurgastes aus Moldawien und des Ehepaars Specht. Deren Aussage sich mit den Kenntnissen von Beranek deckt, die der Sonderkommission schon durch den verdeckten Ermittler zugearbeitet wurde. David bittet den Oberkommissar um eine Unterredung, dabei klärt er diesen über Jos Anwesenheit, die Zusammenhänge der verdeckten Ermittlung des ehemaligen Polizeibeamten Rudolf Specht und seiner Ehefrau auf.

„Warum haben sie das Bild ihres Klienten, der Kurverwaltung zur Identifizierung nicht vorgelegt?", will Peter Beranek von Jo wissen.

„Ich sah es aus ermittlungstaktischen Gründen noch als verfrüht an, unsere Tarnung aufzugeben", greift Rudolf als Berufskollege in die Diskussion mit Beranek ein. „Schön, Herr Kollege, dann können sie mir bei der weiteren Ermittlung, mit ihren Erfahrungen, helfend zur Hand gehen."

Die Männer finden sich sympathisch und drücken herzlich die Hände.

David ergreift Part für den flüchtigen Obdachlosen. „Wir haben unseren Mitarbeiter Mirko für Jos Ermittlungen in die Klinik eingeschleust. Dabei mussten wir mit Bedauern feststellen, dass die hiesige Polizei der

Privatklinik Obdachlose, zu Versuchszwecken zuführte!"

„Das ist eine ungeheure Anschuldigung, die es noch zu untersuchen gibt, lieber David", stellt der Oberkommissar ernst fest.

„Darf ich noch ergänzen?", bittet Rudolf ums Wort.

Er berichtet von den Geschehnissen des letzten Tages und Hilde unterstützt ihm bei der Berichterstattung zu Ninas Problem mit dem Chefarzt.

„Was hat das mit den Schmerztabletten auf sich? Wenn Fredi ein Organ entnommen wurde, bekommt der Empfänger nicht auch Probleme?" Jo zweifelt. „Entschuldigen Sie, wir wissen erst seit heute Morgen von dem Journalisten Mirko, dass diese Schmerztabletten an Ärzte abgegeben wurden, kennen die Hersteller nicht. Unsere Kollegen sind daran, mehr darüber zu erfahren", nimmt Beranek dazu Stellung. Er fährt nach einer Denkpause fort, „da dieser Fall sehr brisant ist, haben wir eine Sonderkommission ins Leben gerufen."

„Mir ist heute Morgen etwas aufgefallen", meldet sich Hilde zu Wort.

„Die Chefsekretärin hat seit heute Morgen kurze und unlackierte Fingernägel. Ich sah sie bisher nur mit eleganten Kleidern, Kostümen und hohen Absatzschuhen. Heute trägt sie lange Hosen und hinkt leicht."

„Das Hinken haben wir bemerkt. Gepaart mit den Informationen, die uns Mirko gab, steht sie unter Verdacht. Sie hat zu offensichtlich Mirko und Nina als Täter bezichtigt. Hinzu kommt noch, dass sie die Einzige ist, die uns über die Schmerztabletten und Operationen von ausländischen Gästen aufklären kann."

Sehr informativ ist die Befragung des moldawischen Kurgastes Oleg Krasnow.
Er wurde über eine Anzeige auf die Privatklinik und das Angebot aufmerksam, „Schneller Verdienst für humanitäre Hilfe!"
Krasnow meldete sich bei der Organisation, die derartige Geschäfte vermittelt. Die Organisation versprach 400 Dollar Entschädigung. Sie erklärte Oleg, dass er von dem Gewinn 60%, also das meiste Geld erhält. Die Organisation habe große Ausgaben für Unterkunft, Verpflegung, Transport und den Reisepass.
Oleg flog von Moldawien in die Ukraine und von da nach Prag weiter. In Prag wurde er vom Chefarzt persönlich am Flughafen abgeholt. Im Auto saß die hübsche Assistenzärztin Nina, mit der er sich über die gemeinsame Heimat unterhalten konnte. Nach der Ankunft wurde er in einem schönen Zimmer in der Privatklinik untergebracht. Oleg bedauerte, dass Nina nur für die Kurgäste angestellt war. Er sah sie in den letzten Wochen nur zwei Mal kurz bei kleinen

Spaziergängen. Dafür umsorgte ihn Schwester Ivana, die auch die Chefsekretärin des Chefarztes ist, darauf legt sie besonderen Wert. Sie war sehr streng zu Oleg, den sie fast wie einen Gefangenen hielt. Er musste gut essen, wurde täglich untersucht und durfte kein Bier trinken. Zigaretten nahm sie ihm weg. Nach einer Woche wurde er operiert. Er sah nur kurz vor der Narkose den Mann, dem er ein schmerzloses Leben beschert hatte.

Oleg ist stolz ein Retter zu sein und dankbar für die Entschädigung, die er nach seiner Rückkehr in Moldawien, von der Organisation, abzüglich ihrer Kosten, erhalten würde. Das alles erzählte Oleg wahrheitsgetreu den Ermittlungsbeamten.

Der Oberkommissar stellt fest, „ihm bleibt nur die Erinnerung an einen Ausflug und eine 25 Zentimeter lange Narbe. Ich schätze, bei der guten Vorbereitung werden 100.000 Dollar unter den Geschäftspartnern des Brokers verteilt werden."

Im Ordinationszimmer der Privatklinik fanden die Ermittler eine Aktennotiz, die über den Verbleib des Chefarztes Auskunft geben kann. Ein Rückruf auf dem Prager Flughafen bestätigt, dass Dr. Swoboda und Nina Radowa am Morgen einen Flug nach Israel angetreten haben.

„Der hat sich aus dem Staub gemacht, bis Gras über die Sache gewachsen ist! Wenn ich Schwester Iwana darin Glauben schenken will, hat sich der ehrenwerte Herr Doktor als Operateur für Organverpflanzungen zur Verfügung gestellt. Sie sprach von Kliniken in Tallinn und Istanbul. So soll er auch regen Schriftverkehr mit der israelischen Krankenkasse geführt haben. Leider fanden unsere Kollegen keine Unterlagen darüber!", unterrichtet Oberkommissar Beranek Rudolf und David. Der Letztgenannte gestand, dass er sein Mitarbeiter auf Zeit, Viktor, der im Auftrag seines Landes Moldawien gegen Organhändler ermittelt, nach Israel geschickt hat.

„Viktor hatte den Auftrag einen Artikel über das israelische Gesundheitswesen zu schreiben, gerade gestern erhielten wir eine Kurzfassung in die Redaktion.

Darin steht sinngemäß.

Die israelischen Krankenkassen sponsern mit Einverständnis des Gesundheitsministeriums Auslandstransplantationen. Die Kassen erstatten den Patienten für eine Transplantation 32.000 Dollar ohne Prüfung, sie müssen lediglich nachweisen, wie viel sie gezahlt haben.

Keiner der Patienten wird je einen Organbroker kritisieren noch anzeigen, denn wenn der Körper nach Jahren das Organ abstößt, brauchen sie den Broker wieder. Unabhängig davon ist der Organhandel in Israel, wie in der westlichen Welt verboten!"

Rudolf lacht verbittert, „ein Verbot, das nur für Arme gilt!"

„Lieber Kollege muss ich dich wirklich erst aufklären? Diejenigen, die die Last der Führung übernehmen, haben Privilegien und das Geld ihre Privilegien zu genießen. Wer dazugehört, muss ich dir nicht erst sagen!", bringt ihn Beranek wieder auf den Boden der Tatsachen zurück.

David ist bei dieser Ungerechtigkeit auch in Selbstkritik gefallen.

„Ein Blick hinter die Kulissen unserer Presse würde die Öffentlichkeit abschrecken. Ich bin immer wieder schockiert, wie wir sensationelle Storys aufbereiten und welcher Hektik, Intrigen und Stress wir Reporter dabei ausgesetzt sind, dabei die Konkurrenz und Abgabetermine im Nacken. Wieder einmal muss ich die wechselseitige Beeinflussung und Abhängigkeit von Macht, Politik und Medien im Auge haben. Was nicht sein darf – wird nicht veröffentlicht!"

„Richtig erkannt, mein Freund!", lobt Oberkommissar Beranek.

Kapitel 29

„Jo sei bitte nicht so deprimiert. Deine Detektei hat schließlich für die Auflösung des Tablettenskandales und die Schließung der mörderischen Privatklinik, einen Scheck unseres Gesundheitsministeriums erhalten, der die Unkosten für dich und deine Leute abdeckt", tröstet Mirko seine Freundin.

„Eigentlich warst du nicht wenig an der Ermittlung beteiligt und hast genau so einen Anspruch darauf", entgegnet sie.

Sie sind früh von Prag in Richtung Westgrenze aufgebrochen, um in dem Grenzort, wo ihr Klient verschwunden ist, eine Spur zu finden.

Jo, die nach Prag meist mit dem Auto oder Flugzeug kam, ist von der Europastraße 55 erschüttert. Immer jünger werdende dunkelhäutige Mädchen stehen am Straßenrand und bitten Mirko, ohne Rücksicht auf die attraktive Frau an seiner Seite zu nehmen, den Wagen anzuhalten. Jo schüttelt immer wieder mit dem Kopf und zeigt aufgeregt mit der Hand nach rechts.

„Sie mal, die mit den drallen Brüsten, hat ja außer Tangas und einem BH nur noch hohe Absatzschuhe an und das Gesicht ist hässlich durch die viele Schminke."

Die empörte Frau blickt ihren Reisebegleiter forschend an, „gefällt dir so was?"
„Nein, soweit bin ich noch nicht gesunken. Viele Freier wissen nicht, dass diese Bordsteinschwalben meist nicht untersucht werden und Krankheiten übertragen! Wir haben viele Prostituierte befragt, meist werden sie von ihren Zuhältern erpresst. Sie kommen aus Osteuropa und wollten ursprünglich in Deutschland ganz seriös arbeiten. Mit der Prostitution müssen sie ihre Schulden für die Pässe, Kleidung und Unterkünfte bezahlen. Wird eine schwanger, ist sie für den Zuhälter vorerst sehr wertvoll, bis zum achten Monat muss sie Kunden bedienen, die diesen besonderen Kick brauchen.
„Babys sind geschäftsschädigend, die Frau erhält nach der Entbindung 14 Tage Urlaub, dann muss sie wieder arbeiten."
„Was wird dann aus dem Baby?"
„Ich werde dir in einem Wäldchen zeigen, was daraus wird. Nur wenige Babys werden in Kinderheimen abgegeben. Darunter sind einige schon recht krank und bleiben ewig in ärztlicher Behandlung. Das alles sind zusätzliche Kosten für die Allgemeinheit unseres Landes!"
„Nun halte mal den Atem an, der Staat nimmt ja schließlich auch von den Bordellbetreibern Steuern ein."

„Du sagst es richtig, von den Bordellbetreibern. Aber nicht von den ausländischen Zuhältern und Prostituierten!"
„Sag mal, da gab es doch eine Initiative, die durch den kriminellen Romeo zerstört wurde?"
„Und schon sind wir wieder dort, wo der ganze Ärger anfängt. In Deutschland, wo Freigänger wie dieser Romeo der Vorsitzender eines internationalen Kinderhilfswerkes wird. Schutz erhält und Kinder, ungestraft im Internet anbieten kann", beginnt Mirko seinem Ärger Luft zu machen.
Nach einer Denkpause fährt er mit dem Schimpfen fort. „Es sind nicht nur Brummifahrer, sondern auch gut situierte Männer, die potentielle Väter der vergessenen Babys, der roten Meile und die nicht einmal bei ihrem Tun das Gehirn einschalten! Ich weiß, das sind die Gesetzmäßigkeiten des Marktes. Die Nachfrage bestimmt den Markt, wie man sieht die Nachfrage ist da. Vermutlich sind die deutschen Frauen zu gefühlskalt oder wenig unternehmungslustig."
„Nun gehst du etwas zu weit, das sind Biertischgespräche für deine Stammkneipe!"
„Bitte entschuldige, mir sind die Nerven durchgegangen", wendet sich Mirko an seine Beifahrerin.
„Ich nahm an, wenn die Europagrenze sich mehr nach dem Osten verlagert, verschwindet

auch der Straßenstrich, an der E 55", denkt Jo laut.

„Solange Tschechien noch nicht den EURO eingeführt hat, wird auch das Phänomen Straßenstrich, das sogar unter Strafe gestellt ist, nicht aufhören", erklärt Mirko verbissen.

Das Auto hat inzwischen die Gaststätte und den Asiamarkt erreicht.

„Jo, bitte bleibe hier im Auto, ich werde mich bei den Händlern mit dem Bild von Wolfgang Schmidt umhören, du beobachtest von Weiten die Reaktionen."

Nach einer Weile kehrt Mirko zurück.

„Wir sollen zu einer gewissen Swetlana fahren. Sie finden wir an einem Verkaufsstand mit Schaufenstern, unterhalb der Europastraße am Waldrand. Schnalle dich wieder an, die Polizei ist sehr streng, insbesondere mit deutschen Autofahrern."

Sie fahren eine Abkürzung durch unwegsames Gelände und über Waldwege. Vor der besagten Hütte steigen sie aus. Das Schaufenster ist lila beleuchtet, der Raum jedoch leer, auch in den Nebenräumen meldet sich niemand auf ihr Rufen. Mirko sieht sich unmittelbar vor der Hütte um. Er kann nichts entdecken, so kehrt er zu Jo zurück, die in der Hütte auf ihn wartet.

„Setz dich nicht so dicht ans Fenster, sonst muss ich für dich noch einen Preis verhandeln", ärgert er sie. Plötzlich legt Jo ihre rechte Hand auf den Mund. Ihr Begleiter hat das leise Quietschen der Tür nicht gehört, aber ihrem feinen Gehör ist das Geräusch nicht entgangen. Sie fürchtet, es ist jemand hinter der Tür.

„Ich habe nichts gehört, du siehst Gespenster. Wer soll sich schon hierher verirren, ich habe draußen niemanden entdecken können."
Es ist still, nur der Wind pfeift durch die Ritze. Diese Stille ist ihnen unheimlich. Jo verspürt das Brausen ihres Blutes in den Adern, es klopft bis an die Schläfe. Vor Mirkos inneren Augen tauchen der tote Obdachlose und die geisterhaften Augen von Krämer auf.

Jo beginnt leise zu sprechen, „ich sah frische Gräber."
„Wo?"
„An einem Hügel unter dichten düsteren Baumgruppen!" Mirko wollte ihr diese Entdeckung ersparen und blieb völlig regungslos, kein Gesichtsmuskel verrät seine unendliche Trauer. Schließlich entschließt er sich, ihr die Wahrheit zu sagen.

„Das habe ich vorhin gemeint, als ich dir über die Babys erzählte. Keiner geht dahin, es ist ein unheimlicher Fleck.

Die Leute des Ortes meinen, das Gebiet hier sei verflucht, weil nicht einmal ein Vogel singt."

„Richtig, diese Stille ist mir auch aufgefallen, aber diese Swetlana arbeitet doch hier?"
„Sie gilt als Hexe, manche Freier brauchen diesen Kick. Still hörst du das Auto?"
Vor ihnen steht plötzlich eine Frau mit schwarzen langen Haaren und buntem Gewand. Sie hält in der Hand ein Bündel Euroscheine. Swetlana, die glücklich über das viele Geld ist, sieht Jo und Mirko prüfend an. Mirko zeigt ihr das Bild von Schmidt."
Die Frau lacht und zeigt mit den Fingern in Richtung Europastraße, „da fährt sein Auto!"
„Wer sind sie, was wollen sie von Wolfi?"
„Wir suchen ihn. Diese Frau ist eine Detektivin, die im Auftrag von Wolfgang Schmidt herausfinden soll, wo er die letzten vier Wochen war und ich bin der Freund dieser Dame aus

Deutschland und Journalist bei einer Prager Zeitung."

„Was soll der Blödsinn? Wolfi war die ganze Zeit über in einem Krankenhaus zu einer Operation. Er hat mir gerade stolz seine 25 Zentimeter lange Narbe gezeigt. Deshalb kann er endlich seine Schulden bei mir und …" Sie stockt, schaut sich ängstlich um.

Dann fällt ein Schuss, die Frau verliert das Gleichgewicht und sinkt zu Boden. Jo hört ein Motorrad wegfahren. Mirko ruft den Rettungsdienst an und danach David.
Erst nach einer Stunde trifft der Notarzt ein, Swetlana hat das Bewusstsein noch nicht wieder erlangt, sie wird mit Polizeibegleitung in ein Krankenhaus gebracht. Eine weitere Stunde später trifft Oberkommissar Beranek aus Prag ein.
Er lässt sich von Mirko instruieren.
„Euer Wolfgang Schmidt scheint ein großes Schlitzohr zu sein. Mit dem Mann sollten sich mal die deutschen Behörden intensiver befassen! Die Verletzte hat nur eine Fleischwunde, ich habe veranlasst, dass sie in eine Prager Klinik kommt. Sobald sie ansprechbar ist, werde ich sie befragen. Hier ist die Frau in permanenter Lebensgefahr!"

Kapitel 30

„Andreas, wie gefallen ihnen die verstaubten Akten?"
„Oh, Dr. Wichmann, ich kann ihnen gar nicht genug danken für diese Praktikumsstelle."
Stellt der Jüngere fest, indem er die freundlich hingereichte Hand kräftig drückt.
„Und ich hatte bisher keine Zeit für die Ablage, weil mich die aktuellen Fälle voll auf Trab halten. Wie weit sind sie mit den Untersuchungen zu ihrem Fall gekommen?"
„Wussten sie, dass der Abgeordnete van Holms nach dem Wahltag verreisen wollte?"
Der Rechtsanwalt tritt näher an den Schreibtisch seines neuen Mitarbeiters und betrachtet das Flugticket in Andreas Hand.
„Nein, davon hat er mir nichts erzählt", beim Sprechen schüttelt er mit dem Kopf.
„Ich habe auf der Festplatte seines Computers, zwei hohe Überweisungen entdeckt, die er am letzten Tag seines Lebens getätigt hat und mit seinen Kontoauszügen verglichen.
Eine Überweisung über 50.000 € ging an ein Nummernkonto in die Schweiz und die zweite Überweisung von 66.000 € an die Baufirma Schmidt."
„Geben sie mir bitte die Unterlagen."

Dr. Wichmann überlegt, sucht auf dem Schreibtisch nach der Akte von Jos Ermittlungen. Er vergleicht den Ausdruck mit einer abgegriffenen Bilanzauflistung und lächelt.
„Sie haben recht, junger Freund.
Zehn Tage nach der Banküberweisung von Ingolf wurde genau diese Summe dem Geschäftskonto gut geschrieben.
Was hatte der Abgeordnete mit dieser Firma zu tun? Die Villa wurde vor einem Jahr gebaut und unterliegt noch der Garantiepflicht der schwedischen Baufirma. Da stimmt etwas nicht!"
Der Rechtsanwalt setzt sich auf einen Bürostuhl, zündet eine Zigarre an und blickt nachdenklich aus dem Fenster. Im Selbstgespräch sucht er von Ingolf eine Antwort zu erhalten.

„Was wolltest du in Tallinn, du warst seit Monaten gesundheitlich dazu gar nicht mehr in der Lage?"

Da vernimmt er eine Antwort von Andreas.
„Deshalb vielleicht!"
„Was wollen sie damit sagen?"
Dr. Wichmann dreht sich zu ihm um.
„Ich fand in der Suchmaschine eine Anfrage zur Organspende, die zu mehreren Links führte. Einige Informationen zu diesem Thema sind mir schon bekannt. Ich habe das Gefühl, hier

hat jemand sehr intensiv nach einem Broker gesucht."
Andreas übergibt beim Sprechen die herausgezogene Auflistung von Spenderländern, die für illegalen Organhandel bekannt sind. Das Gesicht des Älteren hellt sich auf.
„Nun ist mir einiges klar. Vermutlich hat Cornelia nicht von irgend her, das Ziel Brasilien für ihre Hilfsaktion ausgesucht. Ich war schon immer irritiert, warum sie nicht ein Kinderdorf hier unterstützte, sondern dieses dubiose Unternehmen Grenzenlos. Sie wird dort einigen Leuten mächtig auf dem Fuß getreten sein. Um nicht entdeckt zu werden, haben diese dann wiederum zum Selbstschutz gegriffen und Cornelias Selbstmord inszeniert.
Wir haben keine Handhabe noch einen Grund uns weiter mit diesen Recherchen zu beschäftigen. Ingolf und Cornelia van Holms sind tot.
Alles, was wir wissen müssten, um die Täter dingfest zu machen, haben die Beiden mit ins Grab genommen."
Dr. Wichmann seufzt, wendet sich ab, nach einer Weile schaut er Andreas ernst an.
„Bitte lieber, junger Freund, zerstören sie auch im Interesse der Stiftung das Lebenswerk des Ehepaares van Holms nicht!"
Andreas nickt, „ich verstehe sie sehr gut Dr. Wichmann. Erlauben sie mir Jo davon in

Kenntnis zu setzen. Sie muss wissen, dass Ingolf van Holms das Bauunternehmen vor der Insolvenz rettete."

„Dagegen habe ich nichts einzuwenden, jedoch darf es nicht an die Öffentlichkeit dringen", sagt der Rechtsverdreher mit Nachdruck.

„Ich glaube, dass unser Auftraggeber daran auch kein Interesse hat."

Die Männer reichen sich daraufhin die Hände. Dr. Wichmann verschließt den Aktenkoffer, den ihm Cornelia van Holms vor einigen Wochen übergeben hatte.

Kapitel 31

Carmen Krämer steht einen Moment regungslos im Türrahmen des Gartentores. Helgas Besuch hat die Erinnerungen an ihren verstorbenen Mann wieder heraufbeschworen und die traurigen Tage, die seinem gewaltsamen Tod vorausgingen. Sie ist noch im Tiefsten erregt. Diese ungeheuerliche Ungerechtigkeiten, die von ihrem Mann begangen worden waren, lies sie beim Anblick der Freundin erbeben. Viel, viel mehr, als das verlorene Vermögen, das vom Konkursverwalter eingezogen wurde, schmerzt sie der Vertrauensbruch ihres Mannes.
Unerträglich für sie ist die Jammerei von Helga, die nach ihren eigenen Worten plötzlich zu einem kleinen Vermögen gekommen ist.
In den Salon zurückgekehrt, ruft Carmen ihre Mutter an, um von ihr Trost zu erhalten. Dabei fällt ihr ein, dass diese nach Prag zu Honzas Frau gefahren ist. Carmen kann immer noch nicht fassen, dass Volker mit Honza in kriminelle Machenschaften eines amerikanischen Konzerns verstrickt waren. Ihr Mann deshalb ermordet wurde und Honza sich mit seiner Geliebten abgesetzt hat. Ihr nächster Gedanke ist, Sabine anzurufen. Doch auch dieser Anruf ist erfolglos. Die Teilnehmerin spricht, so hört sie nur das Besetztzeichen. Also muss Sabine zu

Hause sein. Die verzweifelte Frau beschließt die Freundin aufzusuchen.

Carmen bestellt telefonisch ein Taxi. Wenig später trifft sie vor dem Haus von Sabine ein. Wie immer begrüßt sie die Freundin herzlich. Im Wohnzimmer schiebt Sabine der Trauernden den bequemsten Sessel hin.

„Sabine", schluchzt Carmen, „darf ich dich einen Moment sprechen?"

Die Frau, die immer ihre Trauer, um den Freund verbergen musste, versteht ihre beste Freundin und nickt zustimmend.

„Warte bitte einen Moment, ich brühe uns einen frischen Tee auf."

„Nein, keinen Tee, hast du einen Wermut?"

Carmen greift zu einer Zigarette, sie bietet Sabine eine aus ihrem goldenen Etui an, die dankend ablehnt. Schon lehnt sie sich genüsslich zurück und beginnt leise zu sprechen.

"Ich weiß nun, dass mich Volker mit der Assistenzärztin, der Geliebten meines Bruders, betrogen hat, da steht es schwarz auf weiß", sie fingert einen Brief aus ihrer Jackentasche heraus.

„Ich fand den Brief in Volkers Unterlagen."

Sabine liest laut.

„Mein Liebster, wir treffen uns heute gegen 20.30 Uhr in der Charta."

Und du schließt daraus, dass dieser Brief an Volker gerichtet war? Kann es nicht auch sein, dass sie Honza meinte und Volker diesen Brief

nur an sich genommen hat, damit deine Schwägerin ihn nicht findet?"
„Das glaube ich nicht. Der Brief wurde an Volkers Todestag geschrieben!", ruft die Frau hysterisch. Nachdem sie sich beruhigt hat, spricht sie weiter. "Anfangs wusste ich nicht, warum Volker unbedingt geschäftlich nach Prag wollte und das streng geheim sein musste. Er hatte es verdammt eilig mit Honza zu sprechen, du musst wissen, die Männer haben sich nie richtig verstanden. Nun weiß ich, dass er nur für seine Firma die Schmerztabletten von Honza an Menschen testen wollte und Honza hat einfach mitgemacht. Das Verwerfliche dabei ist, dass die Ortspolizei ihm Obdachlose aussuchte, die sich nicht wehren konnten und die keiner vermisst hat. Ich kann mit diesem Wissen und vor Scham nicht mehr weiter leben."
Die Frau schluchzt Herz erweichend, beobachtet aber durch die Finger, die sie vorm Gesicht hält, die Reaktion von Sabine. Diese fühlt sich ohnmächtig vor Mitleid. Sie weiß, dass Cornelia von dem Einkommen ihres Mannes gelebt, nie etwas gelernt noch gearbeitet hat und nun völlig mittellos dasteht.
Verbittert lacht sie in sich hinein, wieder ein Fall für Hartz IV. Sie kann sich Carmen als Eineuro-Hilfsarbeiterin nicht vorstellen. Aber dagegen, Carmen in der Stiftung eine Hilfskraftstelle

anzubieten, wehrt sich ihr gesunder Menschenverstand.

„Damit organisiere ich mir erst recht Probleme", hört sie sich laut reden.

„Was hast du jetzt gesagt?", ist Carmen plötzlich aus ihrer traurigen Phase hellwach.

„Nichts, ich dachte an mein Herd, der noch an ist, weil ich vorhin Tee aufbrühen wollte", antwortet sie geistesgegenwärtig.

So gern sie Carmen helfen will, ihre Welten sind zu verschieden. Zufällige Begegnungen und kleine Liebesdienste wird sie ihrer Jugendfreundin weiterhin leisten, aber sie in ihr Leben integrieren, kann und will Sabine nicht.

„Hast du mit Helga über deine Probleme gesprochen?"

„Helga, die jammert nur. Angeblich soll ihr Mann erpresst werden. Ein Mann mit einem Vogelgesicht und zwei glatzköpfigen Revolvermännern sollen ihn aufgesucht haben. Sie forderten von Wolfgang 20.000 Dollar Schweigegeld oder Schutzgeld, ansonsten würden sie ihre jüngste Tochter entführen."

Sabine kann es nicht glauben. „Typisch Helga, sie übertreibt wieder einmal, du kennst ihre übersteigerte Phantasie!"

„Nein!", ruft Carmen aufgeregt, „das ist nicht gesponnen!"

„Woher willst du das wissen?"

„Volker hat mir diese Männer beschrieben, die von einem Vereinsvorsitzenden Schutzgeld gefordert haben. Dieser hat sofort bezahlt und damit sein Leben gerettet."
„Woher wusste dein Mann davon?"
„Das kann ich dir nicht sagen", erklärt sie.
Sabine erkennt, dass sie nicht die Wahrheit sagt.
„Carmen, du weißt doch mehr. Warum willst du mir nicht erzählen, was dich wirklich bedrückt?"
„Ich habe Angst. Mit den Gatos ist nicht zu spaßen!"
„Was sind Gatos?"
„Das sind Anwerber für schmutzige Geschäfte. Für die gilt ein Menschenleben nichts. Die wollen nur verdienen, egal womit, meinte Volker."
„Woher kannte dein Mann diese Leute?"
„Er bekam seine Aufträge über ein Schließfach. Um an dieses Schließfach zu kommen, fuhr er extra nach Wien und dann über Prag zurück."
„Ich dachte dein Mann war Handelsvertreter für einen Pharmakonzern?"
„Das auch, er vertrieb Schmerztabletten und zahlte Gelder an aufsässige Geschädigte aus, damit diese den Konzern nicht verklagen."
„Was, das war ja kriminell! Wie viele Anzeigen gab es gegen den Konzern?"
„Ich fand in Volkers Nachlass eine geheime Statistik. 9.000 Betroffene haben Anzeigen erstattet!"

Sabine kann nicht fassen, dass ihre Freundin alles wusste und dazu geschwiegen hat.
Nach ihrem Gefühl ist sie nicht besser, wie diese Gatos. Zu ihr gewandt sagt sie verachtend „und da wunderst du dich noch über die Folgen?"

Kapitel 32

Fünf Wochen nach Auftragsannahme sitzen die Mitarbeiter der Detektei zur Auswertung zusammen. Josephine hat Sabine, die Auftragsvermittlerin gebeten anwesend zu sein.
Rudolf und Hilde sehen blendend aus, die Kur mit Pannen, hat ihnen gut getan.
Andreas strahlt, weil Dr. Wichmann ihm nach bestandenem Examen eine Stelle in seiner Kanzlei angeboten hat.
„Da sind wir alle wieder, Gott sei Dank, gesund und am Leben", stellt aufatmend Jo fest
„Vielen Dank Sabine für deine Hilfe vor Ort."
Andreas strahlt Sabine dankbar für die erfolgreiche Jobvermittlung an.

„Was können wir unserem Klienten berichten?", eröffnet die Detektivin ihr Meeting.
Rudolf berichtet über die Schließung der Privatklinik und die Verhaftung des Polizeibeamten vor Ort. Er weiß auch, dass das Kurheim ab sofort von einer Holding geleitet wird und Dr. Swoboda mit internationalem Haftbefehl gesucht und in Brüssel verhaftet wurde. Er hat Nina als seine Geisel bis zuletzt mit der Waffe bedroht. Diese ist nun in Sicherheit bei ihrem Bruder, beide sind in ihre Heimat zurückgekehrt. Ihr Vormund, der

Professor wurde festgenommen und wegen Vergewaltigung im Schnellverfahren verurteilt.
„Wisst ihr, wer der Bruder von Nina ist?", will Hilde wissen.
„Dazu komme ich später", lenkt Josephine ab.
Andreas meldet sich zu Wort.
„Dr. Wichmann und ich haben herausgefunden, dass Ingolf van Holms über ein Schließfach mit Organbrokern in Verbindung trat. Da er und seine Frau Tod sind, bittet Dr. Wichmann den Fall auf sich beruhen zu lassen."
„Was ist mit dir los?", will Hilde, die beobachtet wie Sabine die Gesichtsfarbe wechselt und nervös zittert, wissen.
„Ich habe Ingolf van Holms den Tipp gegeben im Internet nach einer Transplantationsmöglichkeit zu suchen", gesteht sie.
„Na und, damit hast du dich nicht strafbar gemacht", beruhigt sie Andreas.
Sabine atmet befreit auf. Sie gießt vor Erleichterung den bereitstehenden Kaffee ein. Nach einer Pause beginnt sie von dem Gespräch mit Carmen zu berichten. Danach blicken alle erwartungsvoll Josephine an.
„Was hast du in Prag erreicht?", ergreift Rudolf die Initiative.
„Ihr kennt ja die Geschichte über Swetlana. Sie lebt heute unter anderem Namen in Prag, hat ihr Äußeres zu ihrem Vorteil verändert, eine schöne

gemütliche Wohnung und seriöse Anstellung gefunden", hält Josephine die Spannung am kochen.

„Dafür hat sie doch etwas geleistet und geplaudert, wenn ich mich nicht irre?", fragt Andreas neugierig.

„Und ob. Unser Klient besuchte sie schon seit einiger Zeit. Er ist Spieler und hat hohe Spielschulden in einem Spielsalon, der einer international agierenden Menschenhändlerbande gehört."

„Ich vernehme, Gehörte?", fragt Rudolf interessiert.

„Ja, das Nest wurde, dank Swetlana ausgehoben!"

„Und was konnte sie nun zu Schmidt sagen. Bitte halte uns nicht so lange hin", drängt nun auch Hilde auf die Lösung.

„Ihr Wolfi war am Tag seines Verschwindens, als er angab Zigaretten kaufen zu wollen, zu ihr gelaufen. Nicht nur Swetlana, sondern auch die Betreiber vom Spielsalon beobachteten ihn in der Gaststätte. Sie verlangten die Begleichung der hohen Spielschulden. Er wurde niedergeschlagen und winselte um sein Leben, dafür versprach er in vier Wochen die Schulden komplett zu bezahlen. Mit dem Motorrad brachten ihn die Männer am gleichen Tag, auf seine Bitte in eine Klinik. An dem Tag, an dem wir Swetlana aufsuchten und auf sie geschossen wurde, war allgemeiner Zahltag", berichtet Josephine.

„Wo wurde er dann operiert?", will Rudolf wissen.

„Das kann uns nur Wolfgang Schmidt beantworten", stellt die Detektivin bedauernd fest.

„Jetzt werde ich die Katze aus dem Sack lassen. Ich habe weiter im Internet recherchiert und bin auf Folgendes gestoßen."

Alle sehen Andreas erwartungsvoll an und warten auf seine Eröffnungen. Dieser trinkt jedoch erst einmal genüsslich seine Tasse Kaffee aus, bevor er zu erzählen beginnt.

„Es gab in Westdeutschland eine Klinik, die den Ruf genoss, bei komplizierten Fällen helfen zu können. Selbstverständlich wurde sehr genau von einem Expertenteam geprüft, in welcher Beziehung Spender und Empfänger waren. Ihr müsst euch die Fragen so ähnlich, wie bei der Einwanderungsbehörde vorstellen."

Dafür erhält er ein verächtliches Lächeln von allen. Dadurch weiß er, dass ihn seine Zuhörer verstanden haben, und spricht weiter.

"Erst wenn keine Bedenken bestehen, erfolgt eine Transplantation!

Die Broker wissen das inzwischen und bereiten ihre Klienten jetzt noch genauer auf diese Gespräche mit den Psychosomatikern vor. Das tun die Broker über Telefonate. Im Fall von

Ingolf van Holms erfolgte die Vorbereitung über ein Schließfach. Er übergab seine erweiterte Biographie, die Diagnose und genügend Geld. Die Broker bringen die Daten zusammen und suchen den passenden Spender. Ohne dass sich die Personen kennen, werden sie zu Verwandten. Die gleiche Blutgruppe wird's schon richten. Für einen normal denkenden Menschen ist es völlig irrelevant, dass ein reicher Araber oder wer auch immer, mit einem Moldawier verwandt sein soll. Gut, die Möglichkeit kann bestehen, aber wenn zehn hintereinanderkommen? Der Betuchte logiert in einem teuren Hotel und der arme Verwandte, der dessen Leben rettet, in einer billigen Absteige. Da ist ganz einfach etwas faul! Weil dies nicht geprüft wird, sondern nur die Verwandtschaftsverhältnisse vom grünen Schreibtisch aus, kommen schon ein paar Schlitzohren zu ihrem Ziel. Die Broker, Gatos oder wie wir sie auch nennen wollen, agieren weltweit. Sie vermitteln nicht nur Transplantationen, sondern auch andere menschliche Ersatzteile. Zwischen den Bevorteilten und Gebern gibt es selten ein Gespräch. Deshalb ist keiner der beiden Gruppen bereit, seinen Broker anzuschwärzen und sich damit selbst der Justiz auszuliefern. Ich habe einen Tipp erhalten. Wenn wir den Fall Schmidt weiter beobachten, führt er uns im

Rahmen der Nachsorge selbst zu seinem unbekannten Aufenthaltsort während der Transplantation. In Deutschland ist nach einer Transplantation eine lebenslange Kontrolle gesetzlich vorgeschrieben. Anders ist die Situation in Osteuropa und den Drittländern, wo sich kaum ein Arzt darum schert, weil der Spender das erhaltene Geld schon längst für Schulden ausgegeben hat und eine Nachsorge nicht bezahlen kann."

Die Familienmitglieder haben sehr aufgeregt Andreas spektakuläre Veröffentlichungen zugehört. Sie rücken beunruhigt mit den Stühlen, weil sie nicht glauben wollen, dass in einem Rechtsstaat solche Praktiken in der Vergangenheit hingenommen wurden.

Zu wenig wird darüber in der Öffentlichkeit diskutiert und aufgeklärt. Es ist wichtig einen Kranken zu helfen. Wenn hierbei immer nur das Geld zuerst eine Rolle spielt, wo bleibt dann die Ethik. Das ist schließlich die Aufgabe der Ethikkommission in den Krankenhäusern, derartigen Missbrauch zu unterbinden. Unabhängig davon, ob der Kranke arm oder reich ist!"

„Ich habe da noch ein Problem, was mich sehr beschäftigt", meldet sich Hilde zu Wort.

„Als ich den verstorbenen Obdachlosen beim Schachspielen beobachtet habe, hatte er braune

Haare. Dein Prager Redakteur erzählte uns, dass der Tote ein schmerzverzerrtes Gesicht und nach wenigen Stunden weiße Haare hatte. Ging das mit rechten Dingen zu?"
Dazu weiß Andreas etwas zu sagen.
„In der Sterbeforschung und der Auswertung von Nahtoderlebnissen ist man der Ansicht, dass es ein Leben nach dem Tod gibt und ein gewaltsam Verstorbener den Schmerz noch spürt. Im Gegensatz dazu sehen normal Verstorbene, die unter Schmerzen gelitten haben und Behinderte beim Eintritt des Todes friedlich aus.

Das ist das Gebiet der Quantenphysik, wovon Schulmediziner wenig wissen wollen, da dieses noch sehr strittig ist. Es würde die ganze Theorie des Hirntodes in Frage stellen."

Kapitel 33

Andreas holt tief Luft, um seinem Team noch eine andere Möglichkeit der Organspende zu erklären.
„Ich bin bei meinen Recherchen auf die Möglichkeit einer Körperspende gestoßen. Die völlig legal und ehrlich zugeht."
„Was ist eine Körperspende?", will Hilde in einem Zwiegespräch mit ihrem Neffen wissen.
„Michelangelo hat diese geholfen, um die Anatomie zu studieren. Als junger Mann hat er illegal in einem Kloster den Bau des Körpers an Verstorbenen untersucht, um dann so hervorragende Kunstwerke wie das Deckengemälde in der Sixtinischen Kapelle des Vatikans zu zeichnen."
„Wie soll das vonstattengehen?"
„Zwischen dem Spender und Empfänger, das ist in diesem Fall eine medizinische Fakultät wird eine Absichtserklärung, also ein Vermächtnis eingegangen. Das ist kein Vertrag, weil jede Partei ohne Benennen der Gründe zurücktreten kann."
„Was ist noch mal der Zweck einer Körperspende, das habe ich nicht richtig verstanden?"
„Die Anatomie eines Körpers ist wichtig für das Studium der Medizin und einer Facharztausbildung. Deshalb sind die Fakultäten

auf eine Unterstützung durch Körperspenden angewiesen."

„Was geschieht nach dem Ableben?"

„Erst einmal wird festgestellt, ob der Tode für eine Körperspende geeignet ist. Wenn er zum Beispiel über 100 kg wiegt, ein Krebsleiden hatte und amputiert wurde dann ist er verständlicherweise nicht geeignet.

Vom Arzt wird der Totenschein ausgestellt und die Anatomie sofort verständigt. Jeder Körperspender hat einen Ausweis, der sein Vermächtnis dokumentiert.

Der Tode wird durch das Bestattungswesen in ein Kühllager überführt und kommt am nächsten Tag in die Anatomie."

„Was geschieht dann weiter?" Hilde ist sichtlich irritiert.

„Natürlich ist es sehr wichtig den Körper zu erhalten, deshalb wird er konserviert. Er kann deshalb erst nach einer Zeit von sechs Monaten für das Anatomiestudium verwendet werden."

„Und wann wird der Tote dann beerdigt?"

„Es können schon bis drei Jahre vergehen, bis der Tote eingeäschert wird. Das ist wichtig, weil der Körper konserviert wurde.

Im Vermächtnis ist festgelegt, ob der Verstorbene im Rahmen einer Gedenkfeier anonym beigesetzt wird, die Hinterbliebenen an der Gedenkfeier teilnehmen können und die Urne in ein eigenes Grab auf den Friedhof ihrer

Wahl beisetzen können. Bei einer anonymen Beisetzung übernimmt die medizinische Fakultät alle Kosten."
„Wer entscheidet sich für eine Körperspende?"
„In der Regel Menschen, die der Wissenschaft dienen wollen!"

Im Raum ist es sehr still. Alle müssen diese Informationen erst einmal verinnerlichen.

Kapitel 34

„Ich muss noch einmal auf unseren Klienten zurückkommen", stellt Hilde fest „der liebe Wolfi muss sich warm anziehen, um weiter gesund zu bleiben"
„Da liegst du schief. Der war so intelligent eine Amnesie vorzutäuschen, damit fällt er in die lebenslange Kontrolle. Mit einer Niere unter ärztlicher Kontrolle kann man sehr lange leben, wurde von einer medizinischen Zeitschrift festgestellt", beendet Andreas seine Berichterstattung.

Josephine schmunzelt.
"Es ist nicht gerade lachhaft, woran ich gerade denke. Einer wird den Fall eventuell bis zur Neige aufklären. Nämlich dann, wenn die Baufirma den Bach hinunter geht und Herr Schmidt in Hartz IV fällt.
Da prüft die ARGE, bekannt als moderne Inquisition, seine Vermögensverhältnisse, Konten und den Verbleib des Geldes.
Wenn die dahinter kommen, dass die Operation Selbstverschulden ist, Gnade ihm Gott!"
„Was willst du damit sagen?", schmunzelt Andreas.
„Manchmal sind verwünschte Gesetze zu etwas gut, Bloß gut, dass ich schon meine Pension

beziehe", stimmt Rudolf in die Schadenfreude mit ein.

„Nun sage uns endlich, wer ist Ninas Bruder?", ruft Andreas ungehalten.
Alle blicken Josephine neugierig an.
„Ninas Bruder ist Viktor. Er wurde von der moldawischen Regierung beauftragt den europäischen Broker ausfindig zu machen. Er hat das erfolgreich unter persönlichen Opfern getan", verrät sie.
„Du weißt doch noch mehr!", drängt sie Rudolf.
„Der Organhändler war ...", sie schweigt und genießt die Neugier der anderen.
„Wer denn lass uns nicht so lange hängen", wird nun auch Sabine nervös.
„Der Mann deiner Freundin Carmen!"
„Was, Volker Krämer?", entfährt es allen.

Kapitel 35

Am nächsten Tag bittet die Detektivin Herrn Schmidt in die Detektei.

Er ist verärgert.
„Warum haben sie den Fall weiter verfolgt? Meine Frau hat ihnen klar und deutlich zu verstehen gegeben, dass wir ihre Hilfe nicht mehr benötigen."
„Das ist richtig, Frau Helga Schmidt ist nicht meine Auftraggeberin. Hier sehen sie den Vertrag, darunter steht ihr Name. Ich dachte sie sind ein Geschäftsmann. Der weiß, wofür Verträge stehen."

„Verdammt, sie haben recht. Was bin ich ihnen schuldig?", zischt er durch seine gelben Zähne.
„Wir haben unsere Ermittlungen abgeschlossen. Hier ist die Rechnung. Die Detektei bekommt für alle Unkosten, die ihr im Rahmen der Ermittlung entstanden, sind 10.000 €."

Damit legt sie dem verdutzten Mann, der sie nicht mehr aufdringlich, sondern böse ansieht, die Rechnung auf den Tisch.
In der Hand hält sie eine weitere Auflistung, weil Jo weiß, dass er Einwände haben wird.

„Sie sind ein unverschämtes Frauenzimmer. Das konnte ich mir ausrechnen, wenn ein Weib sich als Detektiv ausgibt, will sie nur die Männer ausnehmen!", brüllt Wolfgang Schmidt entrüstet.

„Wirklich?"

Jo sieht den Mann drohend an. Nach einer Pause spricht sie weiter.

„Für ihre Firma haben sie vom
Abgeordneten van Holms
     66.000 €
erhalten,

Davon zahlten sie ein Schutzgeld
in Höhe von
     20.000 €
Spielschulden beglichen sie mit
     30.000 €
für Liebesdienste gaben sie
6.000 €
so bleiben für meine Dienste,
dies herauszufinden
     10.000 €.

Und sehen sie, Ingolf van Holms war so anständig sie vorher zu bezahlen."

„Er hat doch gar nicht...!", stotterte der so in die Enge getriebene Mann.

„Ach ja, dass ihm ihre Niere nicht mehr helfen konnte, hat eine höhere Macht entschieden", erklärt sie sachlich.

Jo steht auf und sieht selbstbewusst auf das hässliche Häufchen Elend herab. Sie drückt den Summer, daraufhin öffnet sich ihre Bürotür. Rudolf tritt ein und platziert sich in seiner ganzen Größe vor den Geleimten.
Jo ist am Zug.

„Zahlen sie freiwillig, oder soll ich sie der Polizei übergeben?"

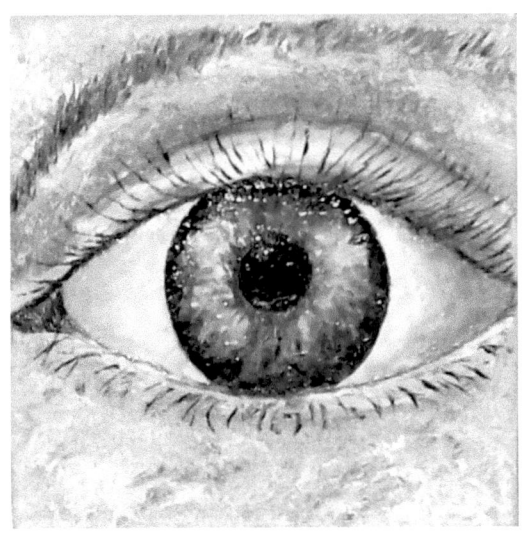

Gestalte dein Leben so,
dass jeder Augenblick
bedeutungsvoll ist!